# Eine Reise nach Minsk

# Gerhard Pietsch

# Eine Reise nach Minsk

## Vier Erzählungen

**Bibliografische Information der Deutschen Nationalbibliothek:**
Die Deutsche Nationalbibliothek verzeichnet diese Publikation in der
Deutschen Nationalbibliografie;
detaillierte bibliografische Daten sind im Internet über
http://dnb.d-nb.de abrufbar.

Titelbild: Hermann Hesse ECA 022 – Dorfeinfahrt 1926.
Der Abdruck erfolgt mit freundlicher Genehmigung des Herrmann-
Hesse-Editionsarchives Volker Michels, Offenbach/Main

Satz, Umschlaggestaltung, Herstellung und Verlag:
BoD – Books on Demand
ISBN: 978-3-8448-9115-7

# Inhalt

A.  Wir verstanden uns doch so gut                          7

B.  Annas Weg                                              32

C.  Eine Reise nach Minsk                                  54
   1.  Tschernobyl – eine Katastrophe schlimmster
       Art                                                 54
   2.  Unermessliche Folgen                                57
   3.  Hilfen                                              59
   4.  Lkw-Transporte nach Weißrussland                    63
   5.  Der Flug nach Minsk am 12. April 1995               66
   6.  Minsk – die Hauptstadt Weißrusslands                68
   7.  Unsere Gastgeber                                    72
   8.  Die Gedenkstätte Chatyn nahe Minsk                  81

D.  Das Katzenasyl                                         82

## A.  Wir verstanden uns doch so gut

Ich war 16 Jahre alt, als wir endlich unser eigenes Haus in Schmölln bezogen. Mutters ganze Anstrengungen waren darauf gerichtet, nicht weiter in Miete wohnen zu müssen. Die Mietwohnung bei Marschners war der Ausstattung und dem Zustand nach wie eine Notunterkunft, und doch ließ sich diese Wohnsituation während unserer langen Mietzeit nicht ändern. Wer wollte schon eine arme Witwe mit vier Kindern im Haus haben? Außerdem gab es damals im ganzen Dorf keine freie Wohnung in dieser Größe.

Die unvergleichlichen Anstrengungen unserer Mutter, ein Haus unter schwierigsten Verhältnissen zu bauen, habe ich erst später richtig begriffen. Keiner der Nachbarn traute ihr zu, das zu schaffen.

An dem mühsamen Umzug im Herbst 1937 beteiligten sich mehrere Nachbarn, die uns auch handwerklich unterstützten. Selbstverständlich halfen auch mein Bruder Walter und ich. Wir brauchten mehrere Tage, bis wir unser bescheidenes Hab und Gut mit einem Pferdefuhrwerk zu unserem Haus transportiert und hineingetragen hatten. Mit unseren alten Möbeln war jedoch kein Staat zu machen. Es dauerte noch Tage, bis im Haus alles seinen richtigen Platz hatte und es wohnlich war.

Unser Haus in Schmölln mit unserer Mutter.

Das Land um das Haus herum sollte später ein schöner Garten werden, blieb jedoch erst mal unbearbeitet.

Das Haus war ein schlichter Bau und nicht komfortabel. Es hatte keine zentrale Heizung und nur eine Duschkabine im Kellergeschoss. Die kleine Kammer im Dachgeschoss war nicht heizbar und nicht isoliert. Die zwei Toiletten im Haus hatten primitive Wasserspülungen mit Zugvorrichtung. Verglichen mit der verkommenen Wohnung bei Marschners war aber alles natürlich viel besser. Das Schönste im Haus war der von einem Ofensetzer im Wohnzimmer gebaute Kachelofen, der die Wärme lange anhielt und an dem man sich Rücken und Füße wärmen konnte. Das Wohnzimmer hatte Mutter mit einer schönen Blumentapete tapezieren lassen, sonst aber wurden alle anderen Räume einfach nur weiß gestrichen. Tapeten waren damals noch etwas Seltenes.

8

Das Wohnzimmer erschien uns mit der neuen Anrichte und neuen Stühlen richtig vornehm.

Ausschlaggebender Grund für die schlichte Architektur des Hauses war die Finanzierung. Dass Mutter von der Baugeldrücklage 3.000 Mark ohne Sicherheit verliehen hatte, machte anfangs einen Strich durch das Finanzierungskonzept. Bis der Schuldner, der Mutter hinters Licht geführt hatte, das Geld in kleinen Beträgen zurückerstattet hatte, vergingen neun Jahre.

Das unerschlossene Grundstück von 800 Quadratmetern am Ortsrand von Schmölln in der Nähe des Rittergutes Strehle kostete 400 Mark und das Haus 8.000 Mark. Fenster, Türen und mehrere Möbel lieferte unser Onkel Herrmann aus Sohland, der Mutter ausreichend Zeit für die Begleichung der Schuld ließ.

Eigentlich begann unser gutes Familienleben erst, als wir in das neue Haus eingezogen waren. Wir waren die Enge in der dürftigen Mietwohnung, ihren schlechten Zustand, aber auch die Schikanen von Frau Marschner los. Sicher bedauerte Herr Marschner, dass wir auszogen. Er konnte uns gut leiden. Manchmal getraute er sich sogar, für uns eine Wurst aus der Räucherkammer zu stibitzen. Seine Frau durfte das aber nicht erfahren.

Ich war zu dieser Zeit in der zweiten Klasse der Höheren Handelsschule in Bischofswerda. Von den Mädchen in meiner Klasse interessierten mich nur zwei, und zwar Inge Vetter aus Putzkau und die um einige Jahre ältere Marlies. Sie waren beide adrette Mädchen, Inge Vetter fehlte es aber noch an Figur. Die Gespräche, die ich manchmal mit ihnen führte, waren belanglos. Meist ging es dabei um schulische Probleme. Hin und wieder ging ich mit Inge Vetter nach dem Unterricht ein kleines Eis in einem Café am Marktplatz essen. Dies lag aber hauptsächlich daran, dass wir die Hälfte des Heimweges zusammen mit den Rädern fahren konnten.

In einem stattlich wirkenden zweigeschossigen Haus in Schmölln, gegenüber von Marschners, befand sich das Kolonialwarengeschäft Kessinger. Es hatte eine Satteldachkonstruktion mit Gaubenfenstern und war das einzige Haus dieses Baustils in Schmölln. Das obere Stockwerk mit den Gaubenfenstern, die etwas kleiner waren als die anderen Fenster des Hauses, bewohnte die junge Familie Rodig. Ihre Küche war nicht groß, aber gemütlich. Unter der Dachschräge war sogar eine Liege. Neben der Küche befand sich das Wohnzimmer, das aber nur an den Feiertagen und zu familiären Anlässen benutzt wurde.

Da man so dicht beieinander wohnte, hatte dies natürlich zur Folge, dass einem über die familiären Verhältnisse in der Nachbarschaft alles bekannt war. Diese Art der gegenseitigen Unterrichtung, hauptsächlich über Ereignisse im Dorf, war natürlich wie anderswo auch üblich. Solche Geschichten standen ja nicht in den Tageszeitungen, die überdies nur wenige hielten. Die im Kreis Bischofswerda verbreitete Tageszeitung war »Der Sächsische Erzähler«. Wir hielten sie nicht, bekamen sie jedoch fast immer einen Tag später leicht zerknüllt von

Jugels gegenüber. Von dem »Dorfklatsch« hielt Mutter allerdings gar nichts. Sie hatte weder Zeit noch Neigung dazu, und außerdem kannte sie sich im Dorf nicht besonders gut aus. Schmölln war nicht ihre Heimat, das war Sohland an der Spree.

Von uns vier Pietsch-Kindern, Liesel, Walter, Herta und ich, waren Walter und Herta wenig beliebt, Liesel und ich aber sehr. Das ließ sich leicht erklären, denn Walter und Herta waren ziemlich verschlossen. Ihre Kontakte beschränkten sich auf wenige Mitschüler. Dagegen waren Liesel und ich aufgeschlossen und von frohgemuter Art. Vor allem sangen wir beide sehr gern, was Walter und Herta gar nicht in den Sinn kam.

Der junge Rodig Willi war Schlosser im Steinbruch »Grund«. Er verstand sich aber auch auf Schmiedearbeiten. Willi hatte eine kräftige Statur und war handwerklich überaus geschickt, in allem aber sehr langsam. Er war nicht nur bei den Kameraden der Feuerwehr, sondern überall im Dorf beliebt. Wo er gebraucht wurde, war er zur Stelle. Seine Frau Hannelore, ihr Kurzname war Hanni, fand im Umgang mit anderen immer den richtigen Ton. Sie, erst 26, war nicht nur von anziehendem und gepflegtem Aussehen, sondern auch sehr intelligent. Hanni konnte sogar Englisch sprechen und schreiben, was nur wenige im Dorf beherrschten. Bei Abendkursen in Bischofswerda hatte sie sich diese Sprache angeeignet.

Die Rodigs hatten drei kleine Kinder, es waren zwei Mädchen und ein Junge. Rosemarie war sechs Jahre,

Gertrud vier und Franz zwei Jahre alt. Rosi war ein gescheites Kind, das schon sehr früh wusste, »wo sie der Schuh drückt«. Mir schien, als trüge sie die Anlagen ihrer Mutter in sich. Trudi war brav, aber auch sehr rege und verschmust. Am meisten liebte sie ihren kleinen Bruder Franz, der noch nichts von der Vorherrschaft des weiblichen Geschlechtes im Kleinen wie im Großen ahnte.

Frau Rodigs Eltern wohnten etwa drei Kilometer entfernt in dem kleinen Dorf Neuschmölln. Wenn nötig, betreuten sie ihre Enkelkinder bei sich zu Hause. Abgeholt und gebracht wurden sie vom Opa, der das mit einem kleinen klapperigen Leiterwagen besorgte. Die kleine Straße nach Neuschmölln ging vom Schmöllner Friedhof an immer bergauf. Abwärts war es für Radfahrer die reinste Freude, weil sie fast bis zum Rittergut Strehle hinunter fahren konnten, ohne zu treten. Die anderen Großeltern wohnten in Oberneukirch, das etwa 20 Kilometer von Schmölln entfernt ist. Zum Laufen war das etwas zu weit.

Viele Männer aus Schmölln und Umgebung arbeiteten im Steinbruch, es waren gelernte Steinmetze, sonstige Handwerker und Hilfsarbeiter. Der Verkaufsstand in der primitiven Kantine führte außer Getränken und Rauchwaren nur Brot, saure Gurken, Bismarckheringe und Wurst. Da es keine weitere Kantinenverpflegung gab, wurde fast allen Arbeitern das Mittagessen täglich von zu Hause gebracht. War es nicht mehr warm genug, konnte es auf den großen Herd in der Kantine gestellt werden.

An den Samstagen wurde nur vormittags gearbeitet.

12

Daher versorgten sich die Arbeiter für das Frühstück nur mit Broten von zu Hause. Samstags wurde auch nicht gesprengt und die lauten Fallhämmer, die für die Herstellung der verschieden großen Pflastersteine gebraucht wurden, blieben still. Sonst hörten sich die Spaltvorgänge dieser Maschinenmonster täglich weit wie ein Gedonner an. Die Bedienung der zehn Fallhämmer war nicht ganz ungefährlich, brachte allerdings den besten Lohn.

Frau Rodig hatte mich schon vor Jahren darum gebeten, das Essen in den Ferienwochen zu ihrem Mann in den Steinbruch zu bringen. Eine Unterbrechung gab es nur, wenn wir uns während der Sommerferien für zwei Wochen bei der Sohländer Großmutter aufhielten. Ich hatte die Essenstour schon mit 13 übernommen und führte diesen kleinen Dienst während der Ferien aus, bis ich fast 17 war, also bis kurz vor der Reifeprüfung. Mir ging es nicht um die fünf Pfennige pro Tag, sondern darum, helfen zu können. Nach vier Wochen hatte ich eine Mark verdient.

Das Essenbringen war für mich keine besondere Anstrengung. Die zwei Kilometer hätte ich auch im Finstern laufen können. Nur kurz vor dem Steinbruch war der Weg holprig. Und Rumbummeln durfte ich während der halbstündigen Mittagspause nicht, wegen der Sprengungen zur festgesetzten Zeit. War das erste laute Hornsignal zu hören, musste man in einer Schutzhütte warten, bis das zweite längere Hornsignal ertönte. Die Vorbereitungen für das Sprengen mit Dynamitladungen an den großen Granitblöcken in der Tiefe der riesigen Grube dauerten lange. Die Bohrlöcher für das Sprengpulver waren meist mindestens einen halben Meter tief. Das Sprengen des harten Granits war jedoch nach wenigen Minuten vorbei. Die großen tonnenschweren Blöcke, die sich dabei lösten, wurden mit Schwebebahnen nach oben befördert, dann mit Pressluftbohrern gespalten und mit Loren an die einzelnen Arbeitsplätze geschoben. Das war Sache der Hilfsarbeiter.

An einem Mittwoch ging ich wie gewöhnlich zu Frau Rodig, um das Essen für ihren Mann abzuholen. Nachdem ich die vielen Stufen im Hause Kessinger bis zum obersten Stockwerk geschafft hatte, klopfte ich bei Frau Rodig an, die mich schon erwartete und mich mit einem Lächeln begrüßte. Sie war gerade mit dem Einfüllen des Essens beschäftigt, es war also noch Zeit. Ich lehnte mich auf die Fensterbank des offenen Fensters und schaute hinunter auf die Straße, obwohl es da nicht viel zu sehen gab. Das ungepflegte Haus gegenüber war zwar bewohnt, aber es war dort nie ein Mensch zu sehen. Nur Hundegebell war manchmal zu hören. Blickte man nach rechts, sah man das kleine Fachwerkhaus der Leichenfrau. Sie hieß Reinhardt und hatte diesen Dienst von ihrer Mutter übernommen. Sonst fand sich niemand im Dorf dafür.

Ich sah Frau Rodig zu, wie sie das Essen für ihren Mann einpackte. Heute kamen zwei kleine Töpfe in den Bügelkorb, die mit altem Strickzeug umwickelt wurden, um sie warm zu halten. Im Korb war gerade noch Platz für eine kleine Blechflasche mit Kaffee und ein Stück Streuselkuchen. Frau Rodig guckte nach der Uhr, kam zu mir ans Fenster und schob mich sachte zur Seite, um selbst noch rechts neben mir Platz zu haben. Sie hatte ihr Gesicht und ihren Körper mir zugewandt, dann den linken Arm auf meine Schulter gelegt, sodass ich selbst bei den kleinsten Bewegungen, die bei der Enge nicht zu vermeiden waren, ihren linken Busen spürte. Dann küsste sie mich mit einem feinen Lächeln auf die Wange und ging zurück an den Tisch. Mir wurde erst ganz heiß, und dann war mir fast ein bisschen schwindelig zumute. Am liebsten hätte ich mich versteckt.

Sie beeilte sich, den Korb mit einem Tuch abzudecken, unterließ es aber, mich dabei anzusehen. Bevor ich mich von ihr verabschiedete, fragte sie mich noch: »*Kannst du morgen vielleicht etwas früher kommen?*« Ich schwieg, spürte, dass ich einen roten Kopf hatte, nickte nur und stürmte davon.

Auf dem Weg zum Steinbruch war ich wie verwirrt und wusste nicht, was ich denken sollte. Was stand mir bevor? Ich dachte schließlich, dass es vernünftig sei, das Essenbringen aufzugeben. So hätte ich Frau Rodig nur noch morgen und übermorgen diesen Dienst zu erweisen. Das würde ich durchstehen. Dieses Erlebnis brachte mich ganz durcheinander. Was an diesem Mittwoch geschah, war jedoch so schön, so unsagbar schön, wie nichts zuvor in meinem Leben. Mochte kommen, was da wolle, aber einmal wollte ich ihr Verlangen noch spüren.

Am nächsten Tag war ich eine Viertelstunde früher als sonst bei ihr. Die Nacht hatte mich nicht frei gemacht, im Gegenteil, sie hatte mich fester an den Reiz dieser

Gefühle gebunden. Als sie nun wieder vor mir stand, war ich so benommen, dass nichts mehr galt, als diese Frau zu lieben. Ich stellte mich dumm, als ich sie fragte:

*»Warum sollte ich denn heute etwas früher kommen?«*
*»Das weißt du doch wohl so gut wie ich.«*
*»Ich möchte es aber jetzt von dir hören.«*
*»Komm, ich sag es dir leise ins Ohr. Ich liebe dich wie niemanden sonst auf der Welt.«*

Was ich schon länger gern gesehen hatte, war ihre reizende Figur und ihr feines Gesicht. Nun stand sie ganz nahe vor mir. Sie öffnete ihre Bluse und entblößte ihre Brüste; Brüste, wie ich zuvor noch keine erblickt hatte. Dann nahm sie eine Brust in ihre Hände und hob sie mir zum Munde hoch. Das war nicht nur eine Liebkosung, sondern auch ein körperliches Begehren. Dann knöpfte sie ihre Bluse ohne Hast wieder zu und küsste mich lange auf den Mund.

Auf dem Weg zum Steinbruch fühlte ich mich so, als wäre ich ein anderer Mensch. An den letzten beiden Ferientagen, an denen wir uns sahen, war es still. Wir beließen es bei kurzen Gesprächen. Ich hatte mir fest vorgenommen, mich mit anderen Gedanken, insbesondere mit den Schulaufgaben zu befassen. Schließlich rückte der Zeitpunkt der Reifeprüfung immer näher. Die darauffolgenden Tage verliefen fast wie gewohnt, obwohl meine Sinne mich immer wieder zu ihr führten. Ich nahm mir dann manchmal die Zeit, um im Dorf ohne Ziel herumzulaufen, in der Hoffnung, vielleicht ihr zu begegnen. Kam ich an Kessingers Haus vorbei, blickte ich zu »unserem« Küchenfenster hinauf.

Bald hatte ich Glück und traf sie vor dem Haus an, aber sie machte einen betroffenen Eindruck. Ihr Mann war wegen Prostatabeschwerden in das Bischofswerdaer Krankenhaus gebracht worden. Sie wisse aber jetzt schon, dass er nie wieder im Steinbruch arbeiten werde. Sie weinte, fasste nach meinen Händen und schluchzte leise, dass sie nun niemanden mehr brauche, um das Essen zu ihrem Mann zu bringen. Sie sagte, sie habe nur noch den großen Wunsch, mich zu sehen. Ich sagte ihr, dass es auch mein Verlangen sei, sie so oft als möglich zu sehen, und dass ich schon übermorgen kommen werde. Mir fiel es aber dann doch schwer, mit dem Besuch bei ihr noch so lange zu warten.

Ich überlegte, was ich ihr mitbringen könnte. Wo war denn nur der goldene Ring mit dem Rubin, den mir die Putzkauer Großmutter vor Jahren geschenkt hatte? Ich suchte in allen Schubladen und fand ihn tatsächlich in einem winzigen Schmuckkästchen. Als ich mich etwas besser als gewöhnlich angezogen hatte, war es noch zu früh, um zu ihr zu gehen. Ich las noch ein bisschen, konnte mich aber nicht konzentrieren.

Um halb drei machte ich mich schließlich auf den Weg.

Ich raste die vielen Stufen vom Erdgeschoss bis zum obersten Stockwerk hinauf, noch schneller, als ich sie früher Hunderte Male gesprungen war.

Hanni war allein. Ihre Kinder waren bis zum Abend in Neuschmölln bei Oma und Opa. Wir begrüßten uns, indem wir uns lange und fest umarmten. Wir blieben nicht in der Küche, sondern nahmen im Wohnzimmer am schön gedeckten Tisch Platz. Hanni hatte für Tee und Plätzchen gesorgt und zwei Kerzen angezündet. Wir sprachen zuerst über ihren Mann, der nicht mehr im Krankenhaus lag. Sie sagte, er sei ein Pflegefall und jetzt bei seinen Eltern in Oberneukirch. Sie besuche ihn oft, mit oder ohne die Kinder.

Als ich ihr den Ring schenkte, war sie überrascht. Außer ihrem Ehering hatte sie keinen. Er passte gut auf den Ringfinger ihrer rechten Hand. Nach dem Tee setzten wir uns auf das Sofa neben dem Kachelofen. Hanni zeigte mir dann einige Langspielplatten, von denen sie eine auflegte. Es waren die Chöre aus Carl Maria von Webers großer romantischer Oper »Der Freischütz«. Als dann der Chor der Brautjungfern zu hören war, konnten wir nicht anders, als mitzusingen. Ihr süßes Gesicht schien ganz verklärt bei dieser wundervollen Musik. Das war das erste Mal, dass ich sie so hingegeben singen hörte.

Ich war anfangs sehr unruhig, weil mir das Zusammensein mit ihr wie ein Wunder erschien. Als wir unsere Hände streichelten, verlangten unsere Gefühle, ganz nahe beieinander zu sein.

Einige Tage später fand ich mich abends wieder bei ihr ein, um ihr zu erklären, dass ich ihr künftig mehr beistehen wolle. Ich hatte vor, ihr unbedingt Arbeiten abzunehmen, unter anderem wollte ich ihr dabei helfen, die Kohle zu holen und das Feuerholz klein zu schlagen. Ich schlug auch vor, dass wir nun öfter mit den Kindern sonntags kleine Ausflüge machen könnten. Hanni meinte, da gäbe es noch einiges zu besprechen, weshalb sie mich bat, zu bleiben. Sie machte uns schnell einen Tee und dann setzten wir uns im Wohnzimmer auf das Sofa.

Sie guckte mich fragend an, als sie sich auf meinen Schoß setzte. Unsere Blicke gingen hin und her, als könnten wir uns auch ohne Worte verständigen. Sie trug ein leichtes, kurzes Sommerkleid, das sich nach dem Halsausschnitt von oben bis unten aufknöpfen ließ. Ich nahm mir Zeit, die oberen drei oder vier Knöpfe zu öffnen, was sie mit erstaunten Blicken beobachtete. Aber dann musste erst noch das kleine Hemdchen verschoben werden, um das versteckte Geheimnis freizulegen. Indes blickte ich lange nach den beiden süßen Hügeln dieser schönen jungen Frau. Ich hätte dieses Glück gern für immer genießen wollen. Während ich still blieb, nahm ihre linke Hand meine rechte, um sie zu dem warmen Nest weiter unten zu führen. Mein Körper reagierte mit wollüstigen Gefühlen und wir küssten uns lange, als könnten wir dieses süße Begehren fortsetzen.

Wir sprachen nicht darüber, aber wir wussten, dass unsere Liebesbande erhalten bleiben würden. Ich wollte Hanni besuchen, wann immer sie es wünschte. Ihre Kinder wussten, dass ich der Freund ihrer Mutter war und dass ihr Vater gesundheitlich schwer belastet war. Ich liebte alle drei und sie liebten mich.

Mit dem nächsten Besuch bei Hanni ließ ich mir Zeit. Mein Herz war ganz und gar in Unruhe geraten. Das war doch wohl kein Strohfeuer oder nur ein Traum? Ich war ein unerfahrener Jüngling, noch kein Mann, und Hanni war eine reife, blühende Frau. Obwohl es mich zu ihr zog, verschob ich den Besuch immer wieder. Stattdessen schrieb ich ihr abends oben in unserer Dachkammer Briefe, die ich ihr später geben wollte. Sie sollte wissen, was in mir vorging. Je mehr ich mich mit ihrem Wesen befasste, umso mehr empfand ich das Glück, solche Gefühle zu erleben. Da spielte der Altersunterschied keine Rolle. Unsere Liebe war nicht nur von äußeren Reizen abhängig. Ich glaubte an sie wie an ein Vermächtnis.

Der Schulbetrieb nach den Sommerferien verlangte einen klaren Kopf und Konzentration. Außerdem lag mir noch etwas anderes auf der Seele. Ich wollte Willi Rodig unbedingt besuchen, hatte aber seine Oberneukirchener Adresse nicht. Diese konnte ich nur von Hanni erfahren. Gewiss hatte er auch das Bedürfnis, nach der langen Zeit, die er schwer krank darniederlag, mit mir zu sprechen. Wir verstanden uns so gut wie Freunde. Während der Ferien hatten wir uns fast jeden Tag am Steinbruch gesehen. Und dass ich mit Hanni jetzt eine enge Freundschaft hatte, wusste er von ihr.

Als ich Hanni aufsuchte, um mein Vorhaben mit ihr zu besprechen, erschreckte mich, was ich in ihrer Küche sah. Der Küchentisch war voller halb fertiger und angefangener künstlicher Blumen, die fertigen lagen fein säuberlich in einem großen Karton unter dem Tisch. Weil es mit ihrer Versorgung nicht gut bestellt war, hatte sie diese Heimarbeit angenommen, die vielen Schmöllner Frauen einen kleinen Verdienst verschaffte. Ich sagte ihr, dass ich schon bald Willi besuchen möchte. Da schlug sie mir vor, dass sie und die Kinder mit dabei sein sollten.

Den Besuch machten wir schon am nächsten Sonntag. Willi, der zugedeckt in einem Sessel saß, war blass und ausgemergelt. Er freute sich, dass wir alle fünf ihn besuchten. Er meinte, es ginge ihm gut, bedauerte aber, dass er zu nichts mehr tauge und von den Ärzten nichts Verständliches erfahre. Hanni nahm seine Hände und die Kinder streichelten sein hageres Gesicht. Wir sprachen von Schmölln und dem Steinbruch »Grund«. Er wollte wissen, wer nun an seiner Stelle dort arbeite. Zehn Jahre habe er dort geschafft, ohne ein einziges Mal zu fehlen, und habe jeden Tag pünktlich sein Mittagessen bekommen. Es schien, als baue ihn das Gespräch etwas auf. Dann nahm er Hannis und meine Hände und sagte, wir sollten fest zusammenhalten. Es sei wohl jetzt an der Zeit, dass Hanni und ich zusammenlebten. Ich sollte doch zu Hanni ziehen und ihr beistehen. Er wisse, dass ich schon in einem knappen Jahr berufstätig sein könnte.

Wir blieben lange bei ihm und tranken mit ihm und den Großeltern Tee. Sie konnten nicht verstehen, dass das Leben ihres fleißigen und lieben Sohnes so enden sollte. Sie selbst würden ihres dafür geben, wenn ihm geholfen werden könnte.

Der Abschied war schwer. Ich hatte den Eindruck, dass wir Willi nicht mehr wiedersehen würden.

Als wir wieder in Schmölln waren, wollten Hanni und ich nicht weiter über Willis Befinden und seine Vorschläge sprechen. Hanni überdachte zunächst die Ansichten ihres Mannes über unsere Zukunft allein und in Ruhe. Das waren jedoch Idealvorstellungen, die mit Problemen behaftet waren. So war die Unterstellung, dass ich bald eine sichere berufliche Position haben würde, nicht zutreffend. Auch reichten meine Ersparnisse nur für kurze Zeit, um der Familie zu helfen. Meiner Vorstellung nach brauchte ich noch etwa drei Jahre, um als Betriebswirt oder kaufmännischer Angestellter gut zu verdienen. Vorher konnte und wollte ich keine eheliche Bindung eingehen. Hanni war die beste Lebensgefährtin, die ich mir vorstellen konnte und um jeden Preis behalten wollte. Aber konnte Hanni von ihren Eltern weiterhin erwarten, dass sie sich um die Kinder kümmerten, während sie ihrer beruflichen Tätigkeit bei der Firma Buschbeck & Hebenstreit in Bischofswerda dreimal in der Woche nachging?

Ganz wichtig war für mich, Hanni nicht aufzugeben. Von einer Frau mit so viel Liebreiz, gutem Wesen und Klugheit gab es wahrscheinlich nur wenige Exemplare. Dabei hatte ich noch nicht ein einziges Mal Hannis Körper ganz gespürt. Diese höchste Liebeslust hatten wir bisher noch zurückgehalten.

Mutter hätte es nicht verstanden, wenn ich meiner Familie den Rücken gekehrt hätte. Sie wollte mich behalten, weil ich offenbar für unsere Familie unentbehrlich war.

Mein nächster Besuch bei Hanni war an einem Sonntag und wir befassten uns lange nur mit unserer Zukunft. Dann verdrängten aber die Liebkosungen unsere sachlichen Erörterungen. Die Kinder hatten derweil in dem etwas größeren Zimmer von Rosemarie gespielt. Inzwischen war es Abend geworden. Zum Abendbrot saßen wir an dem kleinen Tisch in der Küche. Hanni brachte danach die Kinder zu Bett.

Ich hatte keinen weiten Weg bis zu unserem Haus in der Hinteren Dorfstraße. Ich guckte aber wiederholt auf die Uhr, weil ich bald aufbrechen wollte. Hanni sah mich dann ganz verschmitzt an und sagte, dass das nicht ginge, weil sie die Betten für uns schon hergerichtet habe. Meine Mutter werde sich wohl denken können, wo ich die Nacht über bliebe. Dann verschwand sie erst mal für einige Minuten. Als sie wieder erschien, hatte sie nur ein leichtes kurzes Nachthemdchen an.

*»Dein Nachtzeug liegt im Bad«*, sagte sie.

Als ich zurückkam, lag sie schon im Bett, aber nicht in ihrem.

*»Du liegst im falschen Bett.«*

*»Nein, ich muss doch dieses Bett erst mal vorwärmen.«*

*»Ich friere doch gar nicht.«*

Im Schlafzimmer brannten nur zwei Kerzen. Ich legte mich zu ihr. Sie war von einem feinen Duft umgeben.

*»Du müsstest jetzt in dein Bett, so wie es sich gehört.«*

*»Ich bleibe aber hier, weil ich dich so besser verstehe.«*

*»Ich habe aber einen unruhigen Schlaf, da wirst du keine Ruhe finden.«*

*»Dann erzählen wir uns erst mal etwas, ich wüsste eine schöne Geschichte.«*

*»Ich kenne auch eine kleine Liebesgeschichte.«*

*»So fang du an.«*

*»Es waren einmal in einem fernen Land eine Prinzessin und ein Prinz, die fast so schön waren wie andere Prinzes-*

*sinnen und Prinzen. Sie wohnten aber weit voneinander entfernt in ihren Schlössern. Sie besaßen glitzernde Diamantringe, die nach dem Orakel, wenn man sie zusammenfügt, schönste Wunder vollbringen* würden. *Sie suchten einander im ganzen Lande, so auch hier in Schmölln, wo sie sich zu ihrer großen Freude fanden und mit ihren vier Kindern Rosemarie, Gertrud, Franz und Benedict bis an ihr Lebensende blieben.*«

Ich war so befangen, dass mir ganz plötzlich das Gute-Nacht-Liedchen in den Sinn kam. So sang ich es ganz leise vor mich hin: »*Guten Abend, gut' Nacht, mit Rosen bedacht, mit Näglein besteckt, schlupf unter die Deck …*« Dann begleitete Hanni mich mit ihrer bezaubernden Stimme: »*Morgen früh, wenn Gott will, wirst du wieder geweckt, morgen früh, wenn Gott will, wirst du wieder geweckt.*« Dann stand plötzlich Rosi in der Tür, die auch mitsingen wollte. Sie kroch zu uns und wir sangen zu dritt beide Strophen von »Guten Abend, gut' Nacht«. Ich war so beglückt, als wäre unsere Liebe das Schönste auf der Welt.

Ich zog die Bettdecke ein wenig herunter. Da war nichts aufzuknöpfen, denn das Nachthemdchen hatte einen tiefen Ausschnitt und ließ nach dem Nabel alles frei. Warum hatte mir das Schicksal dieses anmutige, reizende Wesen beschert? Ein süßer Schauer überkam mich, als wir so dicht beieinanderlagen und uns das Spiel der Zärtlichkeiten beglückte.

Ich sage Ihnen hier nicht alles, weil es nur Hanni und mich berührte.

Von nun an stellte ich mich so ein, als wäre diese edle Frau schon jetzt meine feste Lebensgefährtin.

Es war wie der Beginn eines neuen Lebens. Ich glaubte nun, für sie und die Kinder mitverantwortlich zu sein. Rosi ging jetzt schon zur Schule, was ihr Freude machte.

Auf dem Weg zu meinem nächsten Besuch bei Hanni begegnete ich unten im Hausflur, auf einen Stock gestützt, Frau Kessinger und ihrem Sohn Johannes. Nach einem Gruß bat sie mich, kurz zu warten, sie wolle mich etwas fragen, es gehe um ihr Geschäft. Zunächst wollte sie aber nur wissen, ob sie und ihr Sohn Johannes mit Hanni und mir sprechen könnten. Wir sollten ihr Bescheid geben. Dann musste sie weg, weil die Ladenglocke läutete.

Das Gespräch war am folgenden Sonntagnachmittag in Kessingers Wohnküche. Die Kinder blieben oben in der Wohnung. Rosi war jetzt mit ihren sieben Jahren schon so vernünftig, dass sie auf Gertrud und Franz aufpassen konnte.

Frau Kessinger klärte uns auf, worum es ging. Sie sei 68 und könne wegen ihrer ständigen Rückenschmerzen das Geschäft nicht mehr wie seither weiterführen. Ärztliche Hilfen hätten bisher nichts bewirkt. Sie fragte Hanni und mich, ob wir einspringen könnten und im Geschäft mitarbeiten wollten. Unter Anleitung von Johannes sollte Hanni die Kundschaft bedienen, so wie es ihr zeitlich möglich sei, und ich sollte das Rechnungswesen übernehmen. Johannes werde für die freitags übliche Herings-Räucherei sorgen und Frau Kessinger weiterhin für die eingelegten Heringe und sauren Gurken. Das wäre für viele Kunden sehr wichtig. Über den Einkauf sollten sich Hanni und Johannes abstimmen. Für unsere Mitarbeit wolle sie uns einen guten Monatslohn geben.

Wir waren überrascht und erbaten uns Bedenkzeit, waren aber von Anfang an nicht abgeneigt, auf Frau Kessingers Vorschläge einzugehen. Wegen der Kinder musste sich Hanni jedoch Gedanken über ihre Arbeitszeiten machen. Natürlich wollte sie auch ihre Eltern von Frau Kessingers Anliegen informieren.

Wenn wir mit Frau Kessinger übereinstimmten, wollte Hanni die Heimarbeit aufgeben, sobald sie im Geschäft arbeite. Vermutlich würde sie auch die Halbtagsarbeit bei Buschbeck & Hebenstreit aufgeben müssen, was sich bald herausstellen sollte.

Frau Kessingers Geschäft war alt und daher unübersichtlich. In den Lagerräumen hinten herrschte keine Ordnung. Sie meinte, dass sie auch so wisse, wo alles zu finden sei. Doch selbst ihr Sohn kannte sich dort nicht genau aus. Sie hatte noch viel Ware, die nicht mehr gefragt war. Im Verkaufsraum vorn fehlte es dagegen an Platz. Kasse und Waage hatten wohl auch ausgedient. Ihr war klar, dass das geändert werden musste. Außerdem meinte Frau Kessinger, sie müsse nun auch ein Telefon haben. Geld habe sie, aber sie hätte sich der Unruhe wegen bislang gescheut, notwendige Änderungen vornehmen zu lassen. Sie war jedoch sicher, dass sie mit ihrer treuen Kundschaft auch weiterhin rechnen könne.

Wir freuten uns über Frau Kessingers Vorschläge, die wir für vernünftig hielten, und sagten ihr zu, im Geschäft mitzuarbeiten. Natürlich war da noch vieles zu bedenken, mit den notwendigen räumlichen Veränderungen sollte aber nicht gewartet werden. Die buchhalterischen Arbeiten konnte ich abends gut erledigen, wobei ich feststellte, dass die letzten Buchungen fast ein Jahr zurücklagen.

Die Renovierungsarbeiten, die das ganze Erdgeschoss betrafen, führte eine erfahrene Firma aus Bischofswerda aus. In dieser Zeit wurde das Geschäft geschlossen. Nach sechs Wochen war der Laden nicht mehr wiederzuerkennen. Die zwei Schaufenster gab es nicht mehr, weil sie nicht gebraucht wurden. Dort waren zwei übersichtliche Regale für Neuheiten angebracht worden. Der Verkaufsraum schien größer und ansprechender. Hier standen sogar drei Stühle für Kunden, die sich kurz ausruhen wollten.

Frau Kessinger hatte noch einen besonderen Einfall und ließ auch in Hannis Wohnung ein Telefon anbringen.

Hanni war jetzt im 27. und ich im 18. Lebensjahr. Mittlerweile wusste man im Dorf, was sich bei Kessingers geändert hatte. Das »Kolonialwarengeschäft Kessinger« gab es nicht mehr, es gab nun ein »Geschäft für Handelswaren aller Art« im Dorf. Mit den neuen interessanten Aufgaben waren wir nach einigen Monaten vertraut, und Frau Kessinger hatte Grund, sich über die fleißigen Geschäftspartner zu freuen. Nach dem Einblick in ihre

Geschäftsunterlagen und der Einführung praktischer Verbesserungen waren wir vier am Geschäft Beteiligten zuversichtlich im Hinblick auf den Verlauf der Geschäfte. Frau Kessinger hatte sich bislang bei der Preisbildung für die große Anzahl verschiedenster Waren eines primitiven Verfahrens bedient, wie das wohl auch bei der Konkurrenz noch üblich war. Es war nun an mir, methodisch, aber auch nachfragegerecht vorzugehen. Bei einer Reihe von Beispielen führte das zu erheblichen Abweichungen zwischen alten Preisen, also solchen mit Unterdeckung, und kalkulierten neuen Preisen. Frau Kessinger konnte sich nun erklären, dass die Jahresabschlüsse nur einen sehr geringen Gewinn auswiesen. Sie staunte, dass das Geschäft nun nach wirtschaftlichen Aspekten geführt werden sollte.

Während der 30er-Jahre hatten die politischen Exzesse weite Kreise gezogen. Die meisten glaubten Hitler und seinen Machtansprüchen. Auch mein Bruder Walter war von Hitlers Weltverbesserungsvorschlägen, trotz der Bedenken und Warnungen unserer Mutter, überzeugt. Er stand unter dem Einfluss zweier Lehrer, die aktive Mitglieder der NSDAP waren. Ich hielt mich zurück, konnte aber Walter bei seinen Auftritten für die Nazi-Ideologie nicht bloßstellen.

Zu jener Zeit stand ich vor der Entscheidung, entweder die Außenhandelsschule in Hamburg zu besuchen oder eine kaufmännische Lehre in einem Großhandelsunternehmen anzutreten. Beides dauerte für Oberschüler und Höhere Handelsschüler zwei Jahre. Ich entschied mich, ohne lange zu überlegen, für eine Lehre. Ganz einfach deshalb, weil ich in Hannis Nähe bleiben und die Arbeiten für das Geschäft fortführen wollte.

Nach Vorlage meines Reifezeugnisses stellte mich die Firma E. L. Husten & Sohn in Bischofswerda ein. Das war damals das größte Großhandelsunternehmen im Kreis Bischofswerda. Die Lehrlingsausbildung wurde von Herrn Seifert, der Prokurist war, organisiert. Die Firma hatte fast 100 Angestellte, eine eigene Kaffeerösterei und eine Destille für die Likörherstellung. Das Danziger Goldwasser und der Eierlikör waren besonders gefragt. Die Firma hatte acht große Lkw, mit denen die Kunden beliefert wurden.

Bei der Lehre wurde keine Abteilung ausgelassen. Das fing mit der Aktenablage an und schloss mit den Buchhaltungsarbeiten, der Gewinn-und-Verlust-Rechnung sowie der Jahresbilanz ab. Für die Debitoren-Rechnungen verfügte die Firma über moderne Schreibmaschinen mit kleinen elektrischen Rechnern.

Mit dem Zeugnis, das mir Herr Seifert ausstellte, war ich vollauf zufrieden. Das Schlusskapitel war die Prüfung bei der Industrie- und Handelskammer in Bautzen, die ich mit »gut« bestand.

Zur Feier aus diesem Anlass hatten wir nur meine Mutter, Hannis Eltern und Kessingers eingeladen. Wir waren auf Frau Kessingers Vorschlag, uns bei ihr zusammenzusetzen, eingegangen. Sie hatte sogar für Getränke und Speise gesorgt. Ich saß zwischen Mutter und Hanni, fühlte mich wohl und innerlich wie aufgeräumt. Da überkam es mich, einen meiner liebsten Choräle aus meiner Kurrendezeit zu singen: »Nun danket alle Gott, mit Herzen Mund und Händen«. Dann stimmten alle ein. Wir fassten uns an den Händen, mir ging das Herz auf.

Dann wünschten wir uns eine gute Nacht.

Es war keine überschwängliche Feier, nein – es waren drei schöne, besinnliche Stunden lieber, zuversichtlicher Menschen.

Wir ahnten 1938 noch nicht, wie es um unsere Zukunft und die Zukunft Europas stand. Wie so oft im Leben verlief es anders, ganz anders als geplant. Deutschland hatte sich bis dahin wirtschaftlich und politisch zu einer Großmacht entwickelt, was die Nachbarländer für bedenklich hielten.

Würde ich jetzt an dieser Stelle aufhören zu schreiben, hätten Sie eine schöne Geschichte gelesen, nicht wahr? Ich schreibe aber weiter, weil Sie nun sicher wissen möchten, was aus unserer Liebe geworden ist.

Ich wurde im Herbst 1939, kurz nach dem Polenfeldzug, für ein halbes Jahr zum Reichsarbeitsdienst (RAD) eingezogen. Das war eine harte Zeit für mich. Danach wurde ich Soldat, anfangs eingesetzt in Karelien, später in Bessarabien.

Während der ersten Kriegsjahre schrieben wir uns liebevolle, ja zärtliche Briefe. Später wurden Hannis Briefe seltener und ohne Liebesbeteuerungen, schließlich blieben sie ganz aus. Warum, wusste ich nicht. In einem von Mutters Briefen Ende 1943 musste ich dann lesen, dass Hanni schon länger einen festen Freund und ein Kind von ihm habe. Wie sollte ich diesen Schlag verwinden? Wieso taugte ich auf einmal nichts mehr? Wir hatten doch unsere Liebe für unverbrüchlich gehalten; treu wollten wir sein – für immer! Wie kann man einen Menschen so enttäuschen?

1945 kam ich zwei Monate in amerikanische Gefangenschaft, die bis Mitte Juni dauerte. Danach war eine Heimkehr in die Oberlausitz nicht möglich, das hatten die Russen unterbunden.

Ich sah Hanni nicht wieder, auch nicht zu DDR-Zeiten, als der Weg in die Heimat wieder frei war und ich meine Angehörigen in Schmölln besuchen konnte. Vielleicht wohnte sie damals gar nicht mehr in Schmölln. Ich unterließ es aber bewusst, jemanden danach zu fragen. Willi und Hannis Eltern waren längst gestorben.

Ich habe bis heute keine Erklärung für Hannis Verhalten gefunden. Der Schmerz verfolgte mich über Jahre und die schöne Zeit mit ihr konnte ich nicht einfach verdrängen.

## B. Annas Weg

Meine Kameraden von der Sturmbatterie und ich hatten das Glück, nicht in russische, sondern in amerikanische Gefangenschaft zu kommen. Das Gefangenenlager, in das uns die Amerikaner schleusten, war eine große Wiese auf einem leicht welligen Gelände nahe der Ortschaft Nesselbach in Oberbayern. Wir hausten dort nur acht Wochen, weil uns die Amerikaner kaum versorgen konnten. Während dieser schrecklichen Zeit hatte ich drei Kameraden kennengelernt: den Schlesier Paul, den Westfalen Heiner und den Rheinländer Moritz. Ich, Frieder, stamme aus der Oberlausitz. Tagsüber waren wir vier die meiste Zeit zusammen. In unseren Gesprächen wurden wir von der psychischen Belastung, Soldaten einer unmenschlichen Clique gewesen zu sein, allmählich frei. Unsere Welt hatte sich verändert: Es fiel kein Schuss mehr, es gab keine Befehle mehr, keine Verwundeten, keine Toten und keine Angst.

Unsere Waffen ließen wir bei der Flucht vor den Russen zerstört zurück; sowohl unsere zwei schweren Haubitzen als auch unsere Handfeuerwaffen.

Da uns die amerikanische Entlassungskommission keine Verfehlungen während der Nazizeit nachweisen konnte, wurden uns die Entlassungspapiere schon einen Tag nach dem provozierenden Verhör ausgehändigt. So konnten wir sofort aufbrechen. Über die planbaren Einzelheiten unserer Tour in die Freiheit waren wir uns einig. So wussten wir, dass wir ein intaktes Trossfahrzeug und drei Pferde mit Geschirr brauchten. Problematisch war jedoch die Auswahl aus der großen Zahl an Pferden auf dem Gefangenenareal. Ein großer Teil davon war während der Lagerzeit schlecht versorgt worden und daher für die voraussichtlichen Anstrengungen nicht brauchbar. Unser Westfale, der sich auf Pferde am besten verstand, wählte aus, welche Pferde genommen werden sollten. Brauchbare Trossfahrzeuge gab es genug, auch an Geschirr fehlte es nicht. Eines der Pferde war als Ersatz oder als Tauschmittel gegen Pferdefutter und Verpflegung gedacht.

Als wir das Gefangenenlager hinter uns wussten, waren wir glücklich, weil wir nun frei waren, wenn wir auch nichts von Wert besaßen. In meinem vollgestopften großen Rucksack hatte ich eine Zeltbahn, ein Paar Bergschuhe, ein Paar Schaftstiefel, einen Drillich[1], Unterzeug, ein Feldgeschirr mit Feldbesteck, Handtücher, Kleinkram und ein Chorbuch in Taschenbuchformat, das ich wie einen Schatz hütete. Das bisschen Geld, das ich besaß, hatte ich in meinem Uniformrock.

Die ersten 50 Kilometer der mehrere 100 Kilometer langen Tour waren für die zwei Zugpferde wegen der wenigen Steigungen und der wiederholten Pausen leicht zu bewältigen. Trotzdem durften wir nicht lange damit warten, Futter für die Pferde zu beschaffen. Da unsere kleine Brotreserve bestenfalls nur noch für zwei Tage reichte, mussten wir uns auch um Verpflegung bemühen. Wir wollten natürlich auch vermeiden, dass uns von herumstreunenden amerikanischen Soldaten das

---

1   Einfache grobe Feldgarnitur der Soldaten.

Ersatzpferd ausgespannt würde. Obwohl ihnen streng untersagt worden war, entlassenen deutschen Soldaten zum Beispiel Armband- oder Taschenuhren und anderes zu entwenden, taten sie es trotzdem. Auf Reitpferde hatten sie es auch abgesehen.

Unser Fuhrwerk war kein leichtes Fahrzeug, deshalb mussten wir darauf achten, dass die Pferde bei Kräften blieben. Erschwert wurde unser Marsch noch dadurch, dass wir wegen der häufigen Feldpolizeikontrollen der Amerikaner Hauptstraßen meiden wollten. Wir konnten ihnen nicht trauen. Wir waren nicht mehr als entlassene Gefangene ohne Rechte. Da wir keine Straßenkarten besaßen, mussten wir uns auf die Informationen ansässiger Menschen verlassen. Wir übernachteten mit Erlaubnis der Besitzer meist in Scheunen, wo wir auch die Pferde versorgen konnten, oder in der Nähe kleiner Seen.

Als wir nach zehn Tagen eine große Strecke bewältigt hatten, legten wir eine Pause von mehreren Tagen in der Nähe von Marktredwitz ein. Von dort waren es nur noch etwa 50 Kilometer bis nach Hof an der Saale. Für Heiner und Moritz war das etwa genau die Hälfte ihres Weges bis nach Hause. Paul und ich hatten noch keine Vorstellungen, wo wir etwas länger bleiben konnten. Wir erhielten Quartier auf dem kleinen Bauernhof der Familie Hübner, weit abseits vom nächsten Dorf. Auf dem Hof lebten vier Personen: der Bauer, die Bäuerin und ihre beiden Töchter Anna und Ilse. Sie hatten fünf Kühe, zwei Kälber, drei dicke Schweine, viele Gänse und Hühner. Pferde hatten sie nicht, aber einen Traktor. Für die erste Nacht wurden wir vier im Haus verteilt. Zwei schliefen in der Bodenkammer und zwei in Ilses Kammer, die in Annas Zimmer umquartiert wurde.

Nach zwei Tagen zogen Heiner und Moritz, von der Bäuerin gut versorgt, mit dem Gefährt weiter, um keine Zeit zu verlieren. Der Abschied war hart für uns vier. Nun waren nur noch Paul und ich bei Hübners, was die beiden Töchter Anna und Ilse offenbar gern sahen, denn sie hatten wohl sonst keine Abwechslung. Anna war eine liebenswerte junge Frau von 17 Jahren. Sie war hübsch, gut gewachsen, gescheit, geschickt und den Eltern eine große Hilfe. Ilse war zwölf, in ihrer noch kindhaften Art war sie gut zu leiden. Anna und Ilse liebten sich und ihre fleißigen Eltern. Überall im Haus, im Garten und im Stall war Ordnung. Jeder in der kleinen Bauernfamilie hatte seinen bestimmten Aufgabenbereich: Der Bauer war für die Feldarbeit zuständig, die Bäuerin für das Melken und den Stalldienst, Anna hauptsächlich für Ordnung und Sauberkeit im Haus sowie für den Garten und Ilse kümmerte sich um das zahlreiche Federvieh. Da sie alle verträglich waren, kamen sie offenbar gut miteinander aus und unterstützten sich gegenseitig.

Nur zwei Kilometer von Hübners Hof entfernt lag der Sanderhof, dessen Bäuerin nicht in der Lage war, alle Arbeiten zu bewältigen. Ihr Hof hatte etwa die gleiche Größe wie Hübners Anwesen. Auch mit der Hilfe einer Magd konnte sie es nicht schaffen, den Hof in Ordnung zu halten. Ihr Mann war noch in Gefangenschaft in England. Ihren drei kleinen Kindern sah man an, dass sie vernachlässigt wurden. Der Bäuerin war zu Ohren gekommen, dass Hübners zwei entlassene Soldaten beherbergten. Sie meinte, dass vielleicht einer der beiden ihr helfen könne. Hübners hatten dafür Verständnis. Nun musste noch entschieden werden, welcher der beiden auf ihren Hof kommen sollte. Ich erklärte mich dazu bereit, obwohl ich lieber bei Hübners geblieben wäre, aber ich wollte keinen Streit mit Paul.

Was ich auf dem Sanderhof sah, erschreckte mich. Der Hof war total verkommen und die drei kleinen Kinder sahen erbärmlich aus. Um hier Ordnung zu schaffen, war eine vorübergehende Aushilfe nicht ausreichend, sondern hierher gehörte auf Dauer eine geschickte und fleißige Kraft, vielleicht ein erfahrener Knecht. Am besten aber der Bauer selbst. Die Bäuerin bekam nur wenige Briefe von ihm und darin fand sie keine Zeile über seine Entlassung.

Ich hatte die Schweine zu versorgen und den Schweinestall täglich auszumisten, mich um das Pferd zu kümmern und für den Holzvorrat zu sorgen, denn das Brennholz durfte nicht ausgehen. Das Spalten der schweren Baumwurzeln war eine Arbeit für trainierte Kampfsportler. Das Werkzeug für die anstrengende Arbeit, Axt und Keile, war fast stumpf. Es war gut, dass ich den Drillich und die festen Schuhe für meine Arbeiten hatte. Den Drillich musste ich alle 14 Tage mit Kernseife waschen. Zum Trocknen hängte ich ihn auf die Leine hinter dem Pferdestall.

Ein Zimmer für mich gab es nicht; ich wurde in einem kleinen, nicht verschließbaren Lattenverschlag auf dem Dachboden einquartiert.

Die Möblierung bestand aus einem wackeligen Stuhl, einem altersschwachen kleinen Tisch und einer Pritsche. Die Schuhe und die Stiefel stellte ich an die Wand unter dem Dachfenster. Einige verrostete lange Nägel in den Latten dienten als Garderoben-Aufhänger. Die kleine Kammer daneben gehörte der alten Magd Alma, die zwar arbeiten konnte, aber sonst kein Interesse an irgendetwas hatte. Es war nicht einfach, sich mit ihr zu verständigen. Ich war mir nicht sicher, ob sie eine Analphabetin war.

Ich nahm mir vor, mich der Kinder anzunehmen, so oft mir Zeit blieb. Es waren ein Mädchen von sieben, ein Junge von fünf und ein Mädchen von vier Jahren; sie hießen Renate, Hans und Else. Renate war noch nicht eingeschult, weil sie den weiten Weg bis zur Schule zu Fuß nicht schaffte. Wenn die anstrengende Feldarbeit anfiel, war das für die Kinder eine üble Zeit, insbesondere wenn die Kartoffeln und die Rüben geerntet werden mussten, da ihre Mutter dann noch mehr Arbeit hatte als sonst und sich noch weniger um sie kümmern konnte. Die Kinder merkten bald, dass ich sie gern mochte; so warteten sie immer darauf, dass ich mich mit ihnen befasste, obwohl sie sonst sehr schüchtern waren.

Ich war nach der Hungerzeit während der Gefangenschaft körperlich noch nicht so richtig auf dem Posten, was die Bäuerin jedoch kaum berührte. Es brauchte aber alles seine Zeit. Das Holzspalten konnte ich nicht hinausschieben, weil nur noch ein kleiner Vorrat da war. Die Unterhaltung mit der Bäuerin beschränkte sich auf das Tagesgeschehen. Überhaupt vermied sie es, mich anzusprechen. Dagegen riefen die Kinder oft nach mir, auch wenn sie mich nicht unbedingt brauchten.

Bei den drei Tagesmahlzeiten gab es keine Abwechslung. Auf den Tisch kam, außer beim Frühstückskaffee, nur das, was der Hof selbst hergab: Brot, Kartoffeln, Milch, Quark und Speck sowie Möhren und Lauch aus dem Garten. Nur sonntags gab es Wurst zum Abendbrot und Rippchen zum Mittagessen.

An die primitive Art des Essens konnte ich mich nicht gewöhnen. Nur wenn es Suppengerichte gab, hatte ich keine Probleme.

Ich musste mich mit den Verhältnissen auf dem Sanderhof abfinden. Sonntags hatte ich frei und besuchte schon vormittags Paul auf Hübners Hof. Am Nachmittag spielte ich mit den Sanderhof-Kindern. Das Füttern der Schweine und des Pferdes übernahm dann die Magd.


Als ich mich eines Sonntags wie üblich mit Paul auf Hübners Hof treffen wollte, war nur Anna im Hause. Paul war mit der Familie beim Gottesdienst. Anna freute sich sehr, mich zu sehen, und bat mich zu bleiben. Wir setzten uns auf das kleine Sofa im Wohnzimmer.

*»Ich erwarte sie um halb zwölf Uhr zurück und brauche mich nur um die Vorbereitungen zum Mittagessen zu kümmern. Bis dahin kann ich dir meine Bücher zeigen«*, sagte sie.

Wir gingen hinauf in ihr Zimmer, das sehr ordentlich war und mir gut gefiel. Ihr Bestand an Büchern war nicht groß. Darunter befanden sich der Abenteuerroman »Reise um die Erde in 80 Tagen« von Jules Verne, die

»Bildergeschichten« von Wilhelm Busch, »Die Abenteuer Tom Sawyers« von Mark Twain und »Der Schatz im Silbersee« von Karl May.

Sie fragte mich: *»An welchen Büchern hast du denn Interesse?«*

Ich antwortete: *»Das sind zunächst die Romantiker, auch Hebbel, Lessing und Fontane. Von den Klassikern natürlich Goethe und Schiller, deren Balladen mich sehr begeistern. Einige davon kann ich sogar auswendig aufsagen, zum Beispiel ›Der Erlkönig‹, ›Der Zauberlehrling‹ und ›Die Kraniche des Ibykus‹. Besonders lesenswert finde ich die Romane von Thomas Mann. Art und Inhalt seiner Bücher sind einmalig, wie zum Beispiel ›Der Zauberberg‹ oder noch besser ›Die Buddenbrooks‹.«*

*»Da hätten wir uns ja viel zu erzählen«*, sagte sie.

Anna war nicht nur hübsch, sie war schön. An ihrem lieben Gesicht war zu sehen, dass sie warmherzig war. Ich war nicht nur verliebt in sie, ich spürte mein Herz, wenn ich sie sah.

Dann gingen wir ins Wohnzimmer hinunter und setzten uns wieder auf das kleine Sofa. Ich saß an ihrer linken Seite, so dicht, dass ich ihren warmen Oberschenkel spürte. Solch eine Berührung hatte ich mir schon eher gewünscht. Sie ließ ihre Augen nicht von mir und legte meine rechte Hand auf ihren Oberschenkel, sagte aber kein Wort. Nach kurzer Zeit drehte sie sich zu mir und küsste mich lange auf den Mund. Dann guckte sie mich ganz verschmitzt an, als wenn sie das große Los gewonnen hätte. Ich glaubte, dass diese feine Liebe bleiben würde. Gott sei Dank war Anna nicht so schüchtern wie Inge aus Demitz-Thumitz, die ich seit sieben Jahren kannte, aber lange nicht mehr gesehen hatte.

Ich fragte Anna, ob das Grammophon neben dem Geschirrschrank noch benutzt würde.

*»Ja, aber wir haben nur wenige Platten, acht mit Volksliedern, eine mit Opernchören und eine mit Weihnachtsmusik.«*

*»Können wir mal eine auflegen?«*

*»Ja, was möchtest du denn hören?«*

*»Habt ihr ›Ännchen von Tharau‹?«*

*»Ja, die haben wir!«*

Dann stand sie plötzlich auf und sagte, dass sie auf den Abort müsse. Das dauerte aber nur wenige Minuten und dann saß sie wieder bei mir und schob ihr dünnes Kleidchen langsam bis weit über die Knie hoch. Was sah ich da? Ich sah, dass etwas fehlte, nämlich der Schlüpfer. Ich hätte auch große Lust gehabt, Annas Wunsch zu erfüllen, hatte aber Angst, dass wir überrascht werden könnten. Es dauerte auch gar nicht lange, als wir Stimmen vor dem Haus hörten. Anna sprang in die Küche, um sich mit den Vorbereitungen für das Mittagessen zu beschäftigen. Ich ging vor die Haustür und begrüßte die Heimkehrer vom Gottesdienst. Darunter war auch die Sanderhof-Bäuerin, die zu meinem Erstaunen meine Schaftstiefel trug.

Als wieder Ruhe im Hause war, der Bauer und Paul sich hinten im Stall aufhielten, die Bäuerin und Ilse in der Küche beschäftigt waren, setzten wir zwei uns wieder auf das Sofa im Wohnzimmer, so als wären wir ein ganz artiges Paar. Wir waren unruhig, weil wir wussten, wie es um uns stand. Es war keine heimliche Liebe mehr. Die Eltern hatten es längst bemerkt, dass wir uns ehrlich zugetan waren, aber hatten wahrscheinlich Bedenken unserer Zukunft wegen.

Seit diesem Tag besuchte ich Anna sehr oft nach Feierabend und sie wartete auf mich. Meist saßen wir dann auf der Bank im Garten. Anna war fast immer leicht bekleidet, sodass ich Lust empfand, sie zu streicheln. Eine so reizvolle kleine Brust wie die ihre hatte ich noch nie gesehen. Auch die Frauenbilder der Impressionisten Manet, Renoir und Degas waren nicht entzückender als sie. Wir glaubten fest daran, dass sich unsere Liebe auch in der Zukunft fortsetzen würde.

*»Ich möchte dich für immer behalten,*
*so sehr liebe ich dich«,* sagte sie leise.

Ich nickte und küsste sie auf den Mund, auf die Augen und auf die Stirn, als gäbe es nichts Schöneres.

Da ich Anna noch nie singen gehört hatte, nahm ich einmal an einem Sonntag mein Chorbuch mit und zeigte es ihr. Sie war ganz erstaunt über die Fülle an Volksliedern und einfachen Chorälen. Sie kannte viele davon. Dann sang ich ihr ganz einfach »Wenn ich ein Vöglein wär« vor und erklärte ihr, dass man dieses Lied auch als Kanon singen könnte. So versuchten wir es und es klappte gleich bei der zweiten Probe. Weil uns dazu noch eine Mitsängerin fehlte, riefen wir nach Ilse, die keine Scheu hatte, mitzusingen. Als wir das Lied nach Kanon-Art perfekt konnten, erschienen plötzlich Mutter und Vater Hübner in der Tür und machten erstaunte Gesichter. Unser Gesangsstudium setzten wir noch mit »Wenn alle Brünnlein fließen« und »Geh aus, mein Herz, und suche Freud« fort. Das war so schön, dass wir uns vornahmen, es später zu wiederholen. Frau Hübner bat mich daraufhin, zum Mittagessen zu bleiben. So saßen wir dann zu sechst am Tisch in der Wohnküche und aßen das Sonntagsessen: zuerst eine Lauchsuppe, dann Hühnerfrikassee mit Kartoffelmus und Rhabarberkompott. So gut hatte ich schon lange nicht mehr gespeist. Anna überraschte uns noch mit dem schönen Lied »Ännchen von Tharau« aus dem Grammophon, das ich zum Erstaunen aller einfach mitsang.

Während Anna ihre freie Zeit mit Lesen zubrachte oder gute Musik aus dem Radio hörte, war Ilse mit Schularbeiten oder mit Versuchen, das Stricken zu erlernen, beschäftigt. Dazu brauchte sie aber noch Mutters Anregungen. Gut gefiel ihr das Spielen mit der Strickliesel[2].

Die Familie Hübner hatte von den Beschränkungen in der Versorgung während des Krieges und auch in der Nachkriegszeit kaum etwas gespürt. Politisch hatten sie sich zurückgehalten, der Vater war nicht in der Partei[3]. Anna war im BDM[4], was ich an der Kletterweste[5] bemerkte, die in ihrem Zimmer am Schrank hing. Sie

---

2  Eine etwa zehn Zentimeter große Holzpuppe, mit der Strickschnüre hergestellt werden können.
3  Allgemeiner Begriff für die Partei des Nazi-Systems.
4  Bund Deutscher Mädel.
5  Kurze braune BDM-Jacke.

sagte, dass sie von ihrer Lehrerin dazu gezwungen worden sei. Ich erzählte ihr, dass ich schon sehr früh in die HJ[6] eingetreten war, und erklärte ihr ausführlich, wie es dazu kam.

Die NSDAP[7] erhielt von der Bevölkerung in meiner Heimat, wo es wenig Begüterte gab, viel Zulauf.

Paul hatte sich entschlossen, Hübners bald zu verlassen. Sein Onkel aus Nierstein am Rhein hatte auf Pauls Brief hin angeboten, ihn aufzunehmen. Er habe für ihn in seiner Böttcherei viel Arbeit. Paul könne sogar das Böttcher-Handwerk erlernen. Sie würden sich Zeit nehmen, darüber zu sprechen. Herr Hübner brachte ihn nach wenigen Tagen mit dem Traktor zur nächsten Bahnstation.

Wie von Heiner und Moritz habe ich auch von Paul, den ich gut leiden konnte, seitdem nie mehr etwas gehört.

Ich sah Anna nun noch öfter, am liebsten an den schönen warmen Sommerabenden, und war auf dem Weg zu ihr immer in froher Erwartung. Beide wünschten wir uns sehnlichst den Reiz der körperlichen Vereinigung und folgten der Lust zweimal auf der Gartenbank und zweimal auf ihrem Bett. Das waren Momente höchster Verzückung, wie ich sie noch nie erlebt hatte.

Wir liebten uns von ganzem Herzen, aber ich wusste, dass ich auf dem Sanderhof nicht mehr lange bleiben würde. Neben den schweren Arbeiten lag es auch an den dortigen, für mich völlig ungewohnten Lebensbe-

---

6   Hitlerjugend.
7   Nationalsozialistische Deutsche Arbeiterpartei.

dingungen. Ich wollte anfangen, für meine berufliche Zukunft etwas zu tun. Meine Arbeit auf dem Sanderhof empfand ich wie ein Opfer für eine bedürftige Familie. Ich besprach mit Anna meine Vorstellungen und legte ihr dar, was ich mir für die nächsten Wochen vorgenommen hatte. Ich sagte ihr aber auch, dass mir das primitive Leben auf dem Sanderhof nicht behagte und ich vorhatte, demnächst nach Hof zu gehen.

»*Wenn du gehst, Frieder, komme ich mit, ich möchte ohne dich nicht mehr leben*«, sagte sie.

»*Liebe Anna, ich muss erst eine Ausbildung und eine Anstellung haben. Dann hole ich dich.*«

»*Das wird doch Jahre dauern, so lange soll ich warten? Dann möchte ich lieber sterben.*«

»*Ich werde dich so oft besuchen, wie ich kann. Wenn du den Hof übernimmst, sind wir längst wieder zusammen und werden Kinder haben.*«

Sie war traurig und ließ mich allein. Wie sollte ich sie trösten?

Ich fand sie weinend auf ihrem Bett.

»*Vielleicht finde ich schon bald in Hof eine Anstellung, ein Reifezeugnis habe ich schon. Aus Hof stammt ein Kriegskamerad von mir, mit dem ich befreundet war und jetzt Kontakt aufnehmen möchte.*«

»*Das wusste ich nicht. Dann* könntest du *vielleicht sogar weiterhin hierbleiben? Meine Eltern und Ilse lieben dich auch.*«

Das Verbleiben bei Anna auf dem Hof hatte ich zwar nicht im Sinn, aber vielleicht konnte es sogar eine Übergangslösung sein. Ich wischte ihr behutsam die Tränen vom Gesicht. Sie umarmte mich so fest, als wollte sie mich nicht mehr loslassen. Dann wollte sie wissen, ob ich noch Verbindung mit Inge habe, von der ich ihr erzählt hatte.

*»Nein, meine Schwester Herta, die mit Inge eng befreundet war, hat mir vor einiger Zeit geschrieben, dass Inge an Tuberkulose gestorben sei. Sie war erst 23 Jahre. Wir haben uns sehr gut verstanden«,* antwortete ich.

Annas Eltern wussten nicht, wie sie sich verhalten sollten. Dass ich für immer auf ihrem Hof bleiben sollte, war ihnen, wie ich spürte, nicht recht. Ich war kein Bauer, konnte nicht mit den Tieren umgehen, konnte kein Brot backen, nicht Traktor fahren und in der Feldarbeit kannte ich mich überhaupt nicht aus. Ich war, wie sie meinten, kein »Landmensch«. Anna gehörte auf den Hof, den sie später einmal übernehmen sollte. Das waren wichtige Argumente für den Bauer. Mir blieb also nichts anderes übrig, als meine Zukunft nach meinem Sinn zu gestalten. So deutlich konnte ich das Anna aber natürlich nicht sagen. Ich blieb also dabei, erst abzuwarten, wie der Besuch in Hof verlaufen würde.

Die Wochen danach waren für alle unruhig. Aber dann kam der Tag, an dem mich der Bauer mit dem Traktor nach Hof fahren sollte. Anna war niedergeschlagen, als ich mit meinem Gepäck vom Sanderhof kam und mich bei ihnen einfand. Wie sollte ich sie trösten?

*»Ich möchte, dass wir uns bei deinem* nächsten *Besuch hier bei uns verloben. Sonst werde ich unglücklich. Das verstehst du doch wohl?«*

»*Anna, du möchtest doch einen Mann, der dir ein sicheres Leben bietet, so weit bin ich aber noch nicht.*«

»*Wann wirst du kommen?*«

»*Vielleicht in einem Vierteljahr; ich schreibe dir. Ich bleib dir treu, denn ich lieb dich über alles.*«

Anna war nun gefasst. Ich verabschiedete mich von ihr mit langen Küssen, dann von ihrer Mutter und von Ilse. Mein Abschied wühlte uns alle noch einmal auf, bis wir schließlich losfuhren.

In Hof angekommen fanden wir die Ascher Straße schnell. Wir brauchten nicht lange zu warten, bis Frau Hick die Haustür öffnete. Aufgrund meines Gepäcks hatte sie wohl gleich vermutet, dass ich vielleicht länger bleiben wollte. Ihr war bekannt, dass ihr Sohn Ernst und ich befreundet waren. Frau Hick war sehr freundlich, wie auch die Büroangestellte, die gleich erschien. Hicks hatten eine Versicherungsagentur.

Der Bauer war nach vier Stunden zurück auf dem Hübnerhof. Anna lag schon seit einer Stunde auf der Lauer, um von ihrem Vater alles genau zu erfahren. Der Bauer berichtete, dass Hicks eines der schönsten Häuser in der Straße besaßen, mit einem großen Garten.

Frau Hick bewohnte seit Langem das erste und das zweite Stockwerk allein. Die Büroräume der Versicherungsagentur waren im Erdgeschoss. Ihr Mann war im Krieg Major einer Nachrichtenabteilung. Er befand sich noch in amerikanischer Gefangenschaft in Italien. Ernst war Oberleutnant in einem Artillerieregiment. Auch er war noch in Gefangenschaft, leider in Russland.

Ich konnte bleiben und bekam eines der drei Zimmer im Dachgeschoss. Eine aus dem Saarland evakuierte junge Frau bewohnte dort mit ihrer dreijährigen Tochter ebenfalls ein Zimmer.

Frau Hick lag viel daran, dass ich mich bei ihr wohlfühlte. Wir verstanden uns gut und konnten uns gegenseitig helfen. Zuerst beschäftigte ich mich im Nutzgarten hinter dem Haus mit dem Pflücken von Stachel- und Johannisbeeren und dann mit den Rosenbeeten vor dem Haus. Nach einigen Wochen dachte sie sogar daran, mich mit den Versicherungsgeschäften vertraut zu machen, weil die Angestellte kündigen wollte.

Die darauffolgenden Wochen bei Frau Hick waren das genaue Gegenteil zu der Zeit auf dem Sanderhof.

Den ersten Brief an Anna schrieb ich nach drei Wochen, ihre Antwort kam bereits drei Tage darauf. Sie bat darum, dass ich öfter schreiben solle. Dies tat ich aber nicht. Ich konnte jetzt ernsthaft disponieren, welchen Berufsweg ich anzustreben gedachte. Zuallererst wollte ich eine betriebswirtschaftliche Tätigkeit in einer leitenden Position. Das Zeug dazu würde ich sicher haben. Im nächsten Brief nach einigen Wochen schrieb ich ihr:

*»Liebe Anna,*
*du kannst meine Frau werden, wenn du meine Vorstellungen und Bemühungen akzeptierst.*

*Ein Leben mit dir wäre dann mein größter Wunsch.*
*Bauer auf eurer kleinen Hofreite werde ich nicht.*
*Wenn du kannst, besuche mich hier.*
*Ich werde nicht zu dir kommen.*

*Ich weiß, dass du jetzt zwischen zwei Stühlen sitzt,*
*aber die Entscheidung ist nur deine Sache.«*

Anna ging auf meinen Brief nicht ein. Ich wusste also nicht, welchen Sinnes sie war. Was ich nicht geahnt hatte, trat ganz unerwartet ein, nämlich dass sie mich besuchte. Die Wiedersehensfreude berührte uns so sehr, dass wir uns lange küssten.

Dann trug ich Anna meine Überlegungen bezüglich unserer Zukunft vor. Ich sagte ihr:

*»Liebe Anna, du hast kein Konzept für dein Leben. Du wirst, wenn du alles so lässt, wie es jetzt ist, auf eurem Hof bleiben. Du verrichtest weiter die gleichen Arbeiten wie eh und je, so wie es eine Magd tut. Du solltest diesen Zustand ändern, weil du intelligent bist. Sonst wirst du nur ein tristes Leben führen.*

*Die Welt wird in den Nachkriegsjahren, also von jetzt an, mehr von den Menschen erwarten. Man muss sich politisch und wirtschaftlich verständigen, um den Frieden zu erhalten und Wohlstand für alle zu erreichen. Das bedingt, dass man sich über die Grenzen hinweg einer Sprache bedient. Dies wird die englische Sprache sein. Wer sie jetzt kann, wird beruflich geschätzt werden. Das hat auch etwas mit uns beiden zu tun. Wir sollten diese Fremdsprache beherrschen. Ich habe zwar Englisch gelernt, aber ich beherrsche* es nicht. Deshalb werden wir beide uns bei einem Spracheninstitut anmelden. Dein Ziel sollte das Dolmetscher-Examen sein. Das wirst du in vier Semestern, also in zwei Jahren, schaffen. Wir schieben es nicht auf, sondern sollten uns gleich für das kommende Wintersemester anmelden.

Wenn Frau Hick einverstanden ist, solltest du das freie Zimmer neben meinem Zimmer mieten. Wir werden uns, wenn du meine Vorschläge durchdacht hast, mit Frau Hick besprechen. Du wirst bald 18 sein und bist dann in deinen Entscheidungen frei. Trotzdem wirst du deine Eltern von deinen Absichten informieren.

Solltest du aber lieber auf eurem Hof bleiben wollen, kann ich dir nicht helfen.«

Anna war erstaunt über meine Vorschläge. Das hatte sie nicht erwartet. Auch meine deutliche Rede war ihr anfangs fremd, so kannte sie mich nicht. Doch ich hatte mir zuvor alles gründlich überlegt. Über Nacht blieb sie auf Vorschlag von Frau Hick da und konnte auf der Couch im Wohnzimmer schlafen.

Das Gespräch mit Frau Hick am nächsten Vormittag verlief sehr sachlich. Sie hielt unsere Ideen, was die Zukunft betraf, für gut und schätzte unser mutiges Vorgehen. Sie wusste: Wer nichts wagt, kann nichts gewinnen. Sie bedauerte, dass sie es unterlassen hatte, eine Fremdsprache zu erlernen. Am liebsten wollte sie das noch nachholen. Dass sie nun voraussichtlich zwei junge Mieter haben würde, freute sie.

Anna war nun ebenfalls von der Richtigkeit unserer Überlegungen überzeugt. In Hof gab es zwei Spracheninstitute, die uns interessierten, das eine mehr, das andere weniger. Wir meldeten uns bei dem, welches uns besser erschien, zum nächsten Wintersemester, also von Oktober bis März, verbindlich an. Zudem äußerten wir die Absicht, vier Semester zu absolvieren, um dann den Dolmetscher-Abschluss machen zu können. Unser Informant nahm dies zur Kenntnis und machte sich Notizen. Er wies auch gleich darauf hin, dass eine Anzahlung erst bei Antritt des ersten Semesters erforderlich sei. Nachdem wir das Anmeldeformular unterschrieben hatten, verließen wir das Büro mit einem Stapel Informationsmaterial.

Anna blieb noch einen Tag bei mir und fuhr dann mit der Bahn zurück. Sie war nachdenklich, wohl wegen der vielen Neuigkeiten, die sie beschäftigten. Vielleicht auch wegen der ungewissen Meinung ihrer Eltern.

Bis zum Beginn des ersten Semesters waren es noch einige Wochen, in denen sie noch zweimal nach Hof kam. Inzwischen hatte Frau Hick ihr Zimmer schon herrichten lassen. Nun gab es keinen Schritt mehr zurück. Ihre Eltern glaubten allerdings nicht so recht an Annas Absichten. Bedenken hatte besonders ihr Vater, der wohl fürchtete, Anna würde nicht gut behandelt werden. Es war ihm nicht ganz geheuer, da Frieder sie verführt haben könnte und ihr nur Flausen in den Kopf gesetzt hatte. Die Mutter hoffte dagegen, dass es mit uns beiden gut gehen könnte und dass es unser Schicksal sei, uns daran zu halten. Ilse verstand nicht, was Anna vorhatte. Sie weinte oft, weil Anna ihr dann fehlen würde.

Frau Hick hatte sich indes Gedanken gemacht, wie das Zusammenleben mit Anna und mir vernünftig verlaufen könnte. Sie wollte uns versorgen und uns als Angestellte übernehmen. Der Garten sollte von uns gepflegt werden, und später sollten wir im Versicherungsbüro aushelfen. Wichtig war ihr allerdings, dass wir die Englisch-Lektionen Abschnitt für Abschnitt mit ihr durcharbeiteten. Sie wollte sich wie wir nach zwei Jahren auf Englisch gut verständigen können.

Anna fing schon zwei Wochen vor der Fahrt nach Hof an, alles zurechtzulegen, was sie brauchte. Alles, was noch fehlte, musste bald eingekauft werden. Sie hatte nur drei Garnituren Unterwäsche, zu wenig, um sie oft wechseln zu können. Zu Hause auf dem Bauernhof war das nicht ganz so wichtig. Dann brauchte sie noch ein Paar neue Schuhe sowie zwei Blusen und hoffte, dass dafür keine Bezugsscheine nötig waren. Sie hatte alles aufgeschrieben, was sie noch brauchte, damit ihr in Hof nichts fehlte.

Anna und ihr Vater hatten sich darauf verständigt, am 28. September nach Hof zu fahren. Die Sprachenschule begann drei Tage später.

Nun begann Annas Weg an meiner Seite. Ich hatte ihr vollstes Vertrauen. Von ihren Eltern konnte sie von jetzt an keine Hilfe mehr erwarten. Was wir brauchten, waren Selbstvertrauen, Zuversicht und Willenskraft.

Anna hatte ihre Ersparnisse von 80 Mark dabei und 20 Mark von der Mutter. Ich besaß noch meinen Wehrsold-Rest von 50 Mark und 20 Mark Lohn von der Sanderhofbäuerin.

Frau Hick freute sich schon über die Ankunft ihrer neuen Mieterin. Sie war sich sicher, dass sich ihr Dasein mit uns jungen Leuten beleben wird. Das triste Leben, welches sie führte, machte sie unzufrieden.

Als sich Anna in ihrem neuen Zuhause eingewöhnt hatte, war es so, als bildeten wir zwei und Frau Hick eine Lebensgemeinschaft mit gleichen Interessen. Anna und ich hatten den festen Vorsatz, in zwei Jahren beruflich sicheren Boden unter den Füßen zu haben. Dann wollten wir auch eine feste Bindung miteinander beschließen.

Und was erreichten wir tatsächlich?

Anna schaffte das Englisch-Examen mit »sehr gut« und wurde beim »Hofer Tagblatt« im Lektorat eingestellt.

Ich schnitt mit »gut« ab und fand in einer Kabelfabrik in Hof eine Anstellung in der Betriebsabrechnung.

Daraufhin meldeten wir uns beide zu Abendkursen, die unsere berufliche Arbeit betrafen, bei der Berufsschule in Hof an. Anna wählte das Fach »Druckverfahren« und ich »Handelsrecht« und »Kalkulationssysteme«.

Damit begann unser Berufsleben.

Bei Hübners hatte man sich mittlerweile nicht nur mit Annas Weggang abgefunden, sondern auch ihren Entschluss gutgeheißen. Der Bauer stellte eine Magd ein, die nun auf dem Hof mitarbeiten sollte. Ilse hatte sich auch damit abgefunden, dass Anna nicht mehr zu Hause war. Sie hatte sich nach sechs Jahren Grundschulunterricht für eine Realschule entschieden, bei der Englisch Pflichtfach war.

Frau Hick, die unsere gemeinsamen Englisch-Fortbildungsstunden schätzte, hatte eine schöne Überraschung für Anna und mich. Da stand nämlich in der Garage hinter dem Garten, mit einer großen Plane verdeckt, ein Auto, und zwar ein teurer »Wanderer«, den ihr Mann fuhr. Sie selbst musste es damals unterlassen, weil sie keinen Führerschein hatte. Sie war jetzt nicht von dem Vorhaben abzuhalten, dass wir drei ohne Verzögerung den Führerschein machen sollten. Sie selbst sorgte dafür, dass dies geschah, und ließ das Auto von einem Kfz-Handwerker fahrtüchtig machen.

Mein Interesse an Autos war nicht groß, aber als ich den »Wanderer« sah, wurde ich an das Auto von Dr. Jugel in Schmölln erinnert. Das war in den Dreißigerjahren der einzige »Wanderer« in unserem Dorf. Ich war 13 Jahre, als mich Herr Dr. Gotthard Jugel zusammen mit seinem Sohn Gotthard, mit dem ich befreundet war, auf eine Fahrt in das Erzgebirge mitnahm. Allerdings war das nicht meine erste Fahrt in einem Auto. Viel früher schon hatte mich unser Onkel Max aus Putzkau in seinem Opel P4 zu einer Fahrt nach Bischofswerda mitgenommen.

Unsere Verlobung feierten wir, wie beabsichtigt, an einem Wochenende bei Annas Eltern. Bis dahin war ihr Zimmer zu Hause für sie frei gehalten worden. Annas Mutter, ihr Vater und Ilse waren glücklich, uns wiederzusehen. Sie hatten an unseren Zukunftsplänen anfangs gezweifelt und erlebten nun, wie wir ohne fremde Hilfe auf einem sicheren Wege waren. Unser Glaube, unsere Liebe und unser Wille waren unsere Triebkräfte.

Eine noch schönere Geschichte als diese weiß ich nicht.

# C. Eine Reise nach Minsk

## 1. Tschernobyl – eine Katastrophe schlimmster Art

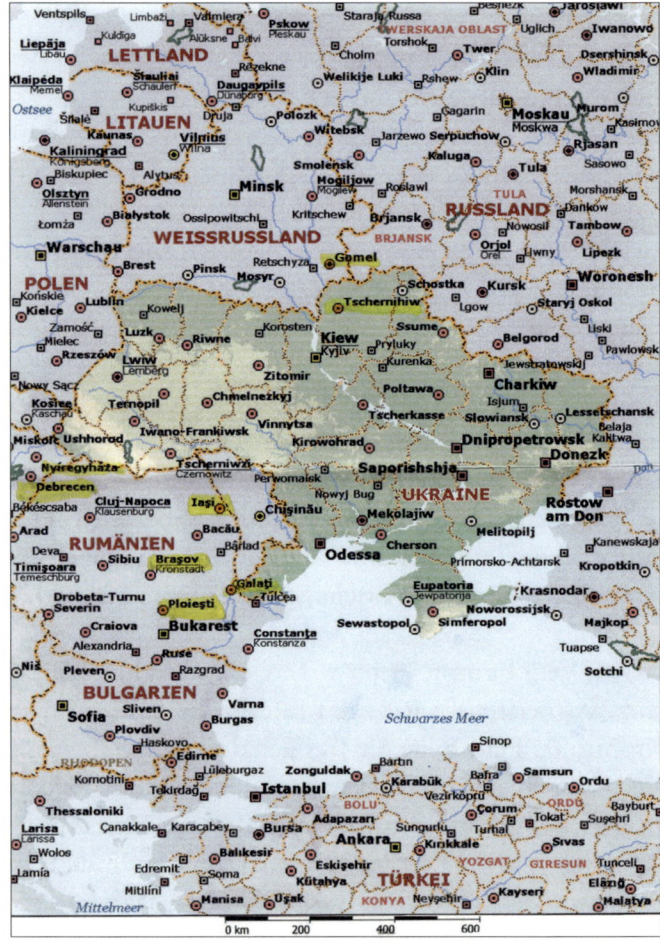

**Karte von Osteuropa**

Tschernobyl ist eine Stadt im Norden der Ukraine.

Nur 20 Kilometer entfernt liegt ein großes Atomkraftwerk. In diesem ereignete sich am 26. April 1986 der folgenschwerste Reaktorunfall des 20. Jahrhunderts. Das Kraftwerk bestand aus vier Reaktorblöcken, zwei weitere befanden sich zu jener Zeit noch im Bau. Der erste Block lieferte seit Mai 1978 Strom. Während eines Experiments im Block vier geriet der Reaktor außer Kontrolle und es kam zu einer Kernschmelze. Durch eine Wasserstoffexplosion wurde die Reaktorhülle zerstört und radioaktive Stoffe wurden freigesetzt. Die Strahlenbelastungen erstreckten sich nicht nur auf die Ukraine, sondern auch unterschiedlich stark auf Teile von Russland, Weißrussland, Skandinavien und die nahen Länder Europas. Selbst in Deutschland wurden ungewöhnlich hohe radioaktive Werte gemessen.

Ich wohnte damals noch in Arheilgen, ein Stadtteil im Norden von Darmstadt. Seit Oktober 1984 befand ich mich im Ruhestand. Mir gefiel die Wohnlage sehr gut, weil sie abseits vom Verkehr lag. Am 27. April 1986, einen Tag nach dem Reaktorunfall, verbrachte ich mehrere Stunden auf dem Balkon. Dabei fiel mir auf, dass der Himmel wie von einem seltsamen dünnen, dunklen Schleier überzogen war. Am nächsten Tag verzog sich dieser Schleier ganz langsam in westlicher Richtung. Die Erklärung dafür blieb nicht aus: Es war die kontaminierte Luft von Tschernobyl.

Nach der Katastrophe wurde das explodierte Reaktorgebäude mit einem mehrere Meter dicken Stahlbetonüberzug umhüllt, dem sogenannten »Sarkophag«. Dies geschah offenbar in der Annahme, dass der Austritt radioaktiver Strahlen dadurch verhindert werden könnte.

Trotz der nachweislichen Gefährdung der Bevölkerung wurden die leistungsfähigen Blöcke eins, zwei und drei des Atomkraftwerks noch im gleichen Jahr wieder in Betrieb genommen. Der Bau der Blöcke fünf und sechs wurde erst 1988 eingestellt. Nach Erklärung der Betreiber sollte das Kraftwerk 1991 stillgelegt werden. Tatsächlich wurde es auf massiven Druck der EU und der G7-Staaten jedoch erst im Dezember 2000 endgültig abgeschaltet.


Unklar blieb jedoch, wie der Energiebedarf an Strom gedeckt werden sollte und was mit den riesigen verstrahlten Altlasten geschehen sollte. Dazu gehört unter anderem auch der See verseuchten Löschwassers, der dicht an einem Damm des Dnjeprs liegt. Das kontaminierte Gerät, das bei den Lösch- und Aufräumarbeiten gebraucht wurde, liegt auf einem bewachten Platz im Sperrgebiet und verrottet.

Ich erinnere mich in diesem Zusammenhang an den ersten Besuch im Jahr 1946 in meiner Heimat, als die Russen ihr Besatzungsgebiet beherrschten und befahlen, die Schwebebahnen und die Fallhämmer in unseren Steinbrüchen abzubauen und transportfähig zu zerlegen. Sie hatten offenbar vor, diese in Russland wieder aufzubauen, allerdings geschah nichts dergleichen. Sie ließen die wertvollen Werkstücke einfach verkommen.

Später wurde von diesen Trümmerbergen gestohlen, was gebraucht werden konnte. Es krähte kein Hahn danach.

Das von der Katastrophe am stärksten betroffene Gefahrengebiet lag im Grenzbereich zwischen der Ukraine und Weißrussland. Es erstreckte sich vom AKW Tschernobyl in der Ukraine großflächig über die Kreisstadt Bragin im Südosten Weißrusslands bis zur weißrussischen Großstadt Gomel. Tschernobyl ist 20 Kilometer vom AKW entfernt, Gomel 120, Bragin 50 und Minsk etwa 350 Kilometer.

Über die oben kurz geschilderten Geschehnisse gibt es mittlerweile umfangreiche Literatur, wie auch über den derzeitigen Zustand des geschädigten Raumes.

## 2.   Unermessliche Folgen

Die von den Sowjets veröffentlichten Angaben über die Anzahl der bei dem Unfall getöteten Menschen waren und bleiben unglaubwürdig. Demgegenüber gehen eher glaubwürdige Studien von mehreren Tausend Toten aus. Wie viele Menschen infolge der Strahlenbelastung an Krebs- und Kreislauferkrankungen leiden, ist statistisch nicht korrekt erfassbar. Von einem Ende der Belastungsgefahr kann nicht ausgegangen werden, da sowohl in der ersten als auch in der zweiten Generation nach Tschernobyl Erwachsene und Kinder, auch Babys, zu Tausenden betroffen sind.

Das Volk war entsetzt und verängstigt, als es gewahr wurde, was tatsächlich geschehen war. Jahrelang hatte man ihm weisgemacht, dass das AKW Tschernobyl den höchsten Sicherheitsstandard habe und dass daher keine Schäden auftreten würden.

Nach dem Reaktorunfall mussten nahezu 200.000 Menschen aus dem Gefahrengebiet evakuiert werden. Der erforderliche Wohnraum wurde im Eiltempo geschaffen, unter anderem in neu angelegten Stadtrandsiedlungen mit Plattenbau-Hochhäusern, wie zum Beispiel in Minsk. Jede Mietpartei musste die zugewiesene Wohnung annehmen. Auch die älteren Menschen und Mütter mit kleinen Kindern mussten sich damit abfinden. Das schlimmste Problem für die Mieter war das Versagen der Fahrstühle. Aber auch das häufige Versagen der Warmwasserversorgung sowie der Heizung in der kälteren Jahreszeit waren unzumutbare Belastungen. Bis solche Fälle behoben wurden, vergingen mitunter oft Tage.

Die Strahlengefahr, welche noch heute innerhalb der Sperrzone herrscht, wird von vielen Menschen nicht ernst genommen. Schon bald nach der Evakuierung kehrten einzelne frühere Bewohner dieser Region wieder in ihre Häuser zurück. Inwieweit sie hier stärker belastet sind, weiß niemand zu sagen, und ob sie hier überhaupt mit ärztlicher Hilfe rechnen können, ist ungewiss. Die Nahzone von fünf Kilometern um das explodierte Reaktorgebäude herum darf jedoch nicht mehr bewohnt werden.

In der am stärksten radioaktiv verstrahlten Region um die Städte Gomel und Prypjat waren die Folgeschäden für die Landwirtschaft und die Forstwirtschaft unübersehbar. Dennoch sollte vieles nach dem Willen der damals zuständigen Sowjet-Regierung in Moskau vertuscht werden. Weißrussland wurde erst 1991 ein souveräner Staat, wenn auch politisch weiterhin streng autoritär geführt.

## 3. Hilfen

Das Hilfeersuchen der Sowjets bei den Westmächten bezog sich nicht auf Hilfen für die geschädigte Bevölkerung, die viele Tote oder schwer kranke Angehörige zu beklagen und Hab und Gut verloren hatten. Vielmehr ging es den Sowjets nur darum, Unterstützung für die von ihrem Personal nicht beherrschbare AKW-Betriebstechnik zu bekommen.

Zu Haftstrafen verurteilt wurden nur einige leitende Mitarbeiter und Techniker des Kraftwerks, während den an sich verantwortlichen hohen Sowjets nichts geschah.

In Deutschland regten sich bald Kräfte, die der betroffenen Bevölkerung helfen wollten. Allerdings hing diese Hilfe hauptsächlich davon ab, ob die weißrussischen Regierungsinstanzen die Vorstellungen deutscher Hilfseinrichtungen anerkennen würden. Offensichtlich war dies ein Politikum, welches dem politischen Kurs der weißrussischen Regierung nicht passte. Selbst wenn durch private Kontakte mittels Postsendungen geholfen wurde, war nicht sicher, ob sie den Empfänger erreichten.

Es war ein schwieriges Unterfangen, den Weg für sicher scheinende Hilfsmaßnahmen frei zu machen. Eine Gruppe von Schülern des Gymnasiums Michelstadt im Odenwald bemühte sich, die ersten Schritte zu tun. Sie riefen 1990 eine Initiative ins Leben, aus der zwei Jahre später der Verein *Hilfe für die Kinder von Tschernobyl e. V.* hervorging. Die Vereinssatzung trat am 10. November 1992 in Kraft.

Der Verein hat sich zur Aufgabe gemacht, geschädigte weißrussische Kinder während der langen Sommerferienzeit bei Gasteltern in Michelstadt und Umgebung unterzubringen. Die Organisation dieses Vorhabens benötigt Zeit und zahlreiche freiwillige Helfer. Ein besonderes Anliegen ist nach wie vor die medizinische Betreuung der Kinder.

Wir traten dem Verein am 24. Mai 1993 bei und verpflichteten uns, regelmäßig die Jahresbeiträge und Spenden zu leisten. In unserem Wohnort Vielbrunn fand sich außer uns nur noch eine Familie bereit, Tschernobylkinder aufzunehmen.

Das erste Kind, ein Mädchen von elf Jahren, kam im Spätsommer 1993 nach einer Busfahrt von zwei Tagen zu uns. Sie hieß Natascha Burakowa und war aus Minsk. Es brauchte einige Tage, bis Natascha warm wurde. Stellen Sie sich den Wechsel vor, den die meist verschüchterten Kinder bei ihrem ersten Aufenthalt in Deutschland erlebten. Keines der Kinder kannte unsere Sprache und außer Russisch auch keine andere Sprache. Die Kinder wurden von drei Lehrerinnen begleitet. Zwei der drei Betreuungspersonen sprachen nur so viel Deutsch, dass es gerade reichte, um sich auf primitive Art zu verständigen. Die für unsere Natascha zuständige Betreuerin hieß Nina Wolosenko. Sie war 44 Jahre alt und kam mit unserer Sprache besser zurecht. Nina stammte aus der Kreisstadt Bragin in Weißrussland, die nur 50 Kilometer vom explodierten Reaktor entfernt ist. Ihre Eltern hatten eine kleine Landwirtschaft und konnten sich früher selbst ausreichend versorgen. Nina wurde, wie mehrere Tausend andere, mit ihrer Familie in ein Plattenhochhaus in Minsk umgesiedelt. Unter den Ferienkindern befand sich auch ihr Sohn Wowa, der zu diesem Zeitpunkt zwölf Jahre alt war.

Wie wir von Nina erfuhren, waren die Kinder und die Betreuerinnen mehr oder minder strahlenbelastet. Sie mussten sich streng an die Einnahme der verordneten Medizin halten. Es war aber auch sehr wichtig, dass die Kinder drei Wochen unter normalen Lebensbedingungen gut versorgt in gesunder Umgebung zubringen konnten.

Im darauffolgenden Jahr kam Natascha in den Ferien wieder zu uns. Als sie mit den anderen Kindern aus dem ramponierten Minsker Bus ausstieg, empfingen wir sie wie eine Tochter. Auch Natascha wusste, wo sie hingehörte. Ihr Interesse bezog sich jedoch hauptsächlich auf Kleidung und Pflegemittel, obwohl sie erst zwölf Jahre alt war. Was sie für wichtig hielt, hatte sie sich bereits beim Vorjahresbesuch eingeprägt. Bei uns zu Hause beschäftigte sie sich am liebsten mit Katalogen von Witt und Otto. Dabei zeigte sie uns immer wieder Kleidungsstücke, die ihr besonders gefielen. An den Ausflügen und Museumsbesuchen mit uns hatte sie dagegen kein Interesse. Ihr Taschengeld gab sie für Lippenstifte, Nagellack und Schminke aus. Sie wollte unbedingt so aussehen wie die Mädchen hier.

Monate nach dem zweiten Aufenthalt bei uns schrieb uns Natascha mehrmals, dass wir ihr monatlich 100 Mark für ihr Studium schicken sollten. Sie lebe mit ihren Eltern in Unfrieden und könne daher nichts von ihnen erwarten. Wir lehnten es ab, Natascha noch einmal bei uns aufzunehmen. Was sie uns weismachen wollte, hatte sie nämlich frei erfunden.

Nina und ihr Sohn Wowa besuchten uns mehrmals und wir fanden bald Gefallen aneinander. Für uns war die Betreuung ein wichtiges menschliches Anliegen. Die herzliche Beziehung ist bis zum heutigen Tage geblieben und die Verständigung in unserer Sprache wurde von Mal zu Mal besser.

Die Betreuung der Tschernobylkinder aus Weißrussland hatte sich während der 90er-Jahre, von wenigen Ausnahmen abgesehen, bemerkenswert gut entwickelt. Manche Gastfamilien wünschten sich mehrere Jahre hintereinander ein oder sogar zwei Kinder.

# 4.  Lkw-Transporte nach Weißrussland

Bereits im Winter 1991 fand auf Initiative der Schülervertretung des Gymnasiums in Michelstadt ein Lkw-Transport mit Sachspenden und Nahrungsmitteln nach Weißrussland statt. Hierfür waren jedoch zunächst die Voraussetzungen zu schaffen. Genaue Hinweise, was an Nahrungsmitteln vorzusehen sei und wie sie zu verpacken waren, wurden schriftlich aufgeführt, und zahlreiche Spenden konnten gesammelt werden.

Für den Pakete-Transport wurden zwei kleine Lkw mit acht Tonnen Laderaum und ein Wohnmobil gemietet. Beide Fahrzeuge waren randvoll mit Paketen und Gerät beladen. Keiner der fünf Idealisten, die den Auftrag ausführen wollten, hatte Erfahrung mit einem solch schwierigen Unternehmen. Für sie war es ein humanitärer Auftrag, doch keiner wusste, welche Strapazen auf dem langen Weg im Dezember und Januar auf sie zukommen würden. Wie der russische Winter, der meist lang und besonders kalt ist, diesmal sein würde, konnte keiner ahnen. Nach Gomel und zurück waren zweimal rund 2.000 Kilometer zurückzulegen. Was die Männer an Proviant für die Hinfahrt benötigten, hatten sie verpackt und im Wohnmobil verstaut. Auch Reserve-Treibstoff war vorhanden.

Die Hinreise begann am zweiten Weihnachtsfeiertag 1991. Die Kontrollen an der deutsch-polnischen Grenze und an der polnisch-weißrussischen Grenze dauerten viele Stunden, aber es gab keine Beanstandungen. Vielleicht hatten das auch einige Päckchen Zigaretten bewirkt.

Die Straßen waren sowohl in Polen als auch in Weißrussland, mit Ausnahme von wenigen Teilstrecken, in gutem Zustand. Das Reisetempo war meist 60 bis 70 Kilometer pro Stunde. Kleinere Pannen konnten die Fahrer selbst beheben. Gott sei Dank setzte ihnen der Winter nicht besonders zu. Und als sie ihre Kraftstoffreserve verbraucht hatten, kamen sie sogar an den richtigen Kraftstoff, was gar nicht selbstverständlich war.

Das Ziel, die Stadt Gomel, wurde am dritten Tag erreicht. Die Verteilung der Pakete an die vorgesehenen Empfänger erfolgte mit Unterstützung der Ferienkinder-Begleiterinnen. Auch in Kindergärten wurden Pakete verteilt und von den jeweiligen Leiterinnen überrascht entgegengenommen. Die Verteilung zog sich einige Tage hin, denn überall, wo die Helfer erschienen, wurden sie vor lauter Freude lange aufgehalten, am meisten in den von Gomel weit entfernten kleinen Flecken. In den entlegenen Gefilden Polens und Russlands hatte der Motor noch lange nicht das Panjefuhrwerk verdrängt. Insbesondere in der Winterzeit ist das primitiv anmutende, ein- oder zweispännige Gefährt ein noch immer verlässliches Fahrzeug.

Für die Menschen dort waren die Besuche der fünf Männer ein großes, ein einmaliges Ereignis. Der Abschied von den vielen armen Menschen verlief meist nicht ohne Tränen. Dass ausgerechnet Deutsche sich um die Unterstützung der geschädigten Bevölkerung bemühten, war für sie wie ein Wunder. Die älteren Menschen hatten die Kriegsschäden, die von den Deutschen in ihrem Land im Ersten und Zweiten Weltkrieg angerichtet wurden, noch nicht vergessen.

Nahezu erschöpft, aber höchst zufrieden haben die fünf tapferen Herren ihre Aufgabe erfüllt. Sie haben aber auch erlebt, was sie sonst nicht gewahr geworden wären, nämlich wie viele Menschen in dieser Region unter primitivsten Verhältnissen leben müssen.

Die Helfer traten die Rückfahrt am 2. Januar 1992 an und trafen am 4. Januar 1992 abends in Michelstadt ein. Das war kein Ausflug, das war eher eine Expedition, zumal sie vor winterlichen Überraschungen nicht sicher waren.

Wenn ich Orden zu verteilen hätte, bekäme jeder von ihnen die erste Klasse des Ordens für Völkerverständigung und humanitäre Leistungen.

Ihre Namen:

Peter Ludwig aus Weiten-Gesäß,

Franz Bürkle aus Michelstadt,

Heinz Neumann aus Nieder-Kinzig,

Horst Anthoni aus Erbach und

Volkmar Jäger aus Böllstein (Brombachtal).

Es ist einfach vorbildlich, was alle, die bei dem Transport mitwirkten – die Gymnasiasten, die Lehrer, die freiwilligen Helfer und die vielen Spender –, uneigennützig geleistet haben: Es war »Hilfe in der Not«.

Der Michelstädter Transport nach Gomel war nicht das einzige Unternehmen dieser Art. Gleichartige Organisationen in Süddeutschland stellten sogar Konvois von Lastwagen zusammen, denen sich die Michelstädter nach allen nötigen Maßnahmen wiederholt anschlossen.

Besondere Hilfsmaßnahmen im Projektraum Tscherikow leistet der Verein *Patenschaften für Tschernobyl-kinder Bad Homburg e. V.* Er hat sich die Verbesserung der Lebensumstände stark betroffener Kinder und armer Familien in dieser Region zur Aufgabe gemacht.

## 5.   Der Flug nach Minsk am 12. April 1995

Es brauchte Zeit, die nach der Vereinssatzung vorgesehenen Ferienaufenthalte zu organisieren. Ab 1993 war die Organisation so weit fortgeschritten, dass Wiederholungen in den Folgejahren gesichert waren. Die nötigen Kontakte beschränkten sich verständlicherweise auf die Begleitpersonen und die Gasteltern der Ferienkinder. Ihre Eltern wurden jedoch nicht erreicht. Es lag daher nahe, für interessierte Mitglieder des Vereins einen Besuch in dem freien AKW-Gebiet zu organisieren.

Nach rationalen Überlegungen kam der Vereinsvorstand zu dem Entschluss, eine Reise per Flugzeug durchzuführen. Nachdem die Mitglieder informiert waren, meldeten sich 15 Teilnehmer an: fünf Frauen, eine Mutter mit einem Kind und acht Männer.

Die Reise begann am 12. April 1995 zur Mittagszeit. Ein Kleinbus brachte uns von einer Haltestelle in Höchst zum Flughafen in Frankfurt. Jeder von uns war mit Pappkartons oder Koffern beladen. Auf dem Flughafen wurden wir zu einer weit abseitsstehenden Maschine geführt. Es war eine Tupolew der russischen Fluggesellschaft Aeroflot. Die TU-134, 1967 in Dienst gestellt, hatte zwei Heck-Düsenantriebe und eine Passagierkapazität von 72 Personen. Das Flugzeug nahm sich neben den vielen anderen Flugzeugen auf dem großen Flugplatz wie eine kleine Maschine aus. Auf dem Foto sehen Sie die Maschine auf dem Minsker Flugfeld.

Der Flug dauerte drei Stunden und war etwas unruhig, obwohl wir gutes Wetter hatten. Im Flugzeug befanden sich außer uns nur wenige Personen, es waren junge, auffällig gut gekleidete Männer. Auch beim Rückflug waren außer uns 15 Reisenden nur noch drei weitere Passagiere an Bord.

Die zwei Stewardessen nahmen von uns kaum Kenntnis. Außer Tee hatten sie nichts anzubieten.

Die beiden Flüge Frankfurt–Minsk und Minsk–Frankfurt musste jedes Vereinsmitglied aus seiner eigenen Tasche bezahlen. Mit Visa-Gebühren und Zubringerfahrgeld waren es rund 600 DM. Alles in allem hat mich der Besuch in Minsk 1.200 DM gekostet.

Die Abfertigung auf dem Minsker Flugplatz dauerte über eine Stunde, die Visa- und Gepäckkontrollen nahmen viel Zeit in Anspruch. Inzwischen warteten an der Sperre schon unsere Gastgeber Nina, Wowa und Natascha. Als die Sperre endlich geöffnet wurde, fielen wir uns in die Arme. Dann brachte uns ein kleiner, altgedienter Bus in das 20 Kilometer entfernte Minsk.

## 6.  Minsk – die Hauptstadt Weißrusslands

Russland wurde im Ersten und Zweiten Weltkrieg stark beschädigt, so waren auch in Minsk nur wenige repräsentative Gebäude, hauptsächlich Kirchen, unversehrt geblieben. Von Trümmern war aber bei unserer Ankunft längst nichts mehr zu sehen.

Das Minsker Zentrum war im Stil der sowjetischen Nachkriegsarchitektur gestaltet worden. Auf dem Hauptplatz im Stadtzentrum stand, alle Gebäude überragend, die Siegessäule. In den dorfähnlichen Randbezirken der Stadt sah es jedoch wüst aus. Viele der kleinen Hütten verrieten, wie ärmlich die Bewohner dort lebten. Die auf freiem Felde erstellten zahlreichen Hochhäuser mit einheitlich neun Stockwerken wirkten abstoßend. Nirgendwo waren dort Rabatten oder Grünanlagen zu sehen. Die an den Straßenrändern abgestellten Autos waren alte Schrottkisten, an denen sich niemand vergriff.

**Sieg-Monument am Sieg-Platz**

**Unser Bus vor einigen Plattenhochhäusern**

In der Stadtmitte gab es Geschäfte fast jeder Art, auch große Märkte mit einem breiten Angebot an Textilien, Schuhen, Nähmaschinen, Gartengeräten, Möbeln und anderem. Allerdings sah man dort kaum Menschen. An vielen belebten Straßen hatten sich auf den Fußwegen zahlreiche Händler mit billigen Druckwerken und Krempel niedergelassen.

Freitags und samstags fand man auf kleinen Plätzen in ruhigen Stadtvierteln einfache Stände mit Feldfrüchten, wie Zwiebeln, Weißkraut, Kartoffeln und Möhren, sowie ganzen Bergen von fettem Speck. Diese billigen Nahrungsmittel kamen wohl bei vielen Menschen täglich auf den Tisch.

Auf den Straßen der Stadt waren zahlreiche Kehrkolonnen von Frauen beschäftigt. Sie fegten den Schmutz mitten auf die Straßen auf kleine Haufen, über die dann der Verkehr rollte. So riss ihre Arbeit nie ab und der Schmutz blieb erhalten.

Minsk hat viele Kirchen, deren Innenräume jedoch einen verkommenen Eindruck machten. Täglich fanden sich vor den Portalen die ärmsten Menschen ein. Meist sahen wir alte Frauen, die sich Spenden erbettelten. Diese alten Leute waren Rentner, die damals mit einer monatlichen Versorgung von umgerechnet 30 Mark auskommen mussten.

Obwohl die Millionenstadt Minsk außerhalb des stark strahlengeschädigten Raumes liegt, war die Reaktorkatastrophe ein schwerer Schlag für sie. Die Stadt musste für Folgelasten aufkommen, wie etwa für die medizinische Versorgung Tausender strahlengeschädigter Menschen jeden Alters und deren schnelle Umsiedlung. Auch die allgemeine Versorgung der gewachsenen Stadtbevölkerung mit Lebensmitteln musste kurzfristig sichergestellt werden. Dies führte für viele Berufstätige zu Umstellungen, die behördlich angeordnet wurden.

Nach der politischen Wende, das heißt der Auflösung der UdSSR, wurde Weißrussland unabhängig und Minsk zur Hauptstadt des Landes ernannt. Weißrussland ist auch heute noch kein demokratisch regierter Staat. Seit 1994 ist Alexander Lukaschenko Präsident des Landes. Er fühlt sich der antidemokratischen Politik der Sowjetzeit verbunden und scheint nicht geneigt, sich politisch und wirtschaftlich dem Westen zuzuwenden. Überhaupt lehnt er einen demokratischen Kurs ab. Es gibt zwar oppositionelle Kräfte, deren Wirken aber bis heute hintertrieben wird.

## 7.  Unsere Gastgeber

Während der Busfahrt vom Minsker Flughafen in die Stadt konnten wir es kaum fassen, jetzt bald am Ziel zu sein. Mit Nina und Wowa klappte die Verständigung ganz gut, mit Natascha weniger. Als der Bus schließlich anhielt, standen wir zu unserer Überraschung direkt vor dem Eingang eines der scheußlichen Hochhäuser in Einheitsarchitektur.

Wir luden unser Gepäck aus. Natascha verabschiedete sich von uns und fuhr mit dem Bus weiter. Nina zeigte auf den nächsten Hauseingang, die Haustür stand offen. Im Flur vor dem Fahrstuhl warteten bereits mehrere Frauen mit Kindern. Ich sah mich um und bemerkte, dass am Treppenaufgang das Geländer fehlte. Als der Fahrstuhl ankam und frei wurde, war darin jedoch nicht für alle Platz. Also warteten wir drei bis zum nächsten Einstieg. Mir war nicht wohl, als sich die Tür in der kleinen Kabine schloss. Der Fahrstuhl hielt in jedem Geschoss, im siebten stiegen wir aus. Hier wohnte Nina mit Wowa und ihrem Mann Peter. Sie haben, wie alle Mieter, eine Zweieinhalbzimmerwohnung mit einer kleinen Küche, einem winzigen Duschbad und einem Balkon. Peter war Zahnarzt in einer Minsker Klinik. Er litt an Lungenkrebs und Parkinson und war ganz auf Unterstützung angewiesen. Er war ein menschliches Wrack. Eine Verständigung mit ihm war nicht möglich.

Ich hatte ein großes Paket und einen dicken Koffer dabei, doch mit dem Auspacken wartete ich noch, bis wir den Tee getrunken hatten. Wowa hatte währenddessen immerzu Paket und Koffer im Blick. Warum? Er wollte Automechaniker werden und sammelte mit Eifer deutsche und amerikanische Schuco-Automodelle, wie einige seiner Freunde auch. Das wusste ich längst. Er vermutete wohl, dass sich in meinem Gepäck solche Modelle befinden könnten. Das sollte sich beim Auspacken gleich herausstellen. Im Karton waren sie jedoch nicht, denn dieser war voll mit guter Kleidung, neuen Schuhen für jeden, einer Strickjacke und einer Wollweste für Peter, mehreren Packungen Bohnenkaffee, Schokolade und Wolle. Beim Auspacken des Koffers war aber auch nicht gleich etwas von den Modellen zu sehen, weil sich die Schächtelchen zwischen meiner Kleidung befanden. Wowa war wie aus dem Häuschen, als ich ihm alle zwölf übergab. Er küsste mich vor Freude. Ich hatte mir beim Kauf überlegt, welche Modelle er vielleicht noch nicht haben könnte. Auch Nina war ganz erstaunt, was da alles zum Vorschein kam.

Auf dem Flur stand Wowas Fahrrad und ein Regal für Schuhe und Werkzeug. Es war nicht einfach, das Fahrrad im Fahrstuhl mitzunehmen, das ging nur, wenn es auf das Hinterrad gestellt wurde. Im Schlafzimmer lagen auf den Schränken und unter den Betten Kartons jeder Größe. Der Balkon war, wie in den meisten anderen

Wohnungen auch, als Vorratsraum umfunktioniert worden. Das kleine Duschbad mitten in der Wohnung hatte kein Fenster, daher auch die feuchten Wände. Da das warme Wasser oft abgeschaltet war, musste man sich mit kaltem Wasser über dem kleinen Waschbecken waschen.

Die Treppe hatte vom Erdgeschoss bis zum neunten Stockwerk, dem letzten, an manchen Stellen kein Geländer und an den meisten Lampenfassungen fehlten die Glühbirnen. Es war riskant, die Treppe über mehrere Stockwerke zu benutzen.

Diese Hochhauswohnungen sind alle von gleicher Größe und Bauart, wie es bei dem System der Plattenbauweise nicht anders zu erwarten ist. Es wirkt alles wie eine Notlösung, der Aufenthalt darin ist kein Vergnügen. In der heißen Sommerzeit ist es kaum auszuhalten. An den Wänden lässt sich nichts anbringen, selbst mit Dübeln ist dies nicht zu schaffen. Und fast nicht zu glauben, aber diese Wohnsilos haben keine Keller und keine Garagen. Sieht man aus den Fenstern, was glauben Sie, was man da sieht? Plattenbauten mit neun Stockwerken. Und was sieht man nicht, wenn man ins Freie tritt? Blumen, Bäume, Gebüsch, Felder oder Wälder. In einiger Entfernung haben sich mehrere Mieter, so auch Nina, mit behördlicher Genehmigung auf freier Flur nicht umfriedete Beete angelegt, in der Hoffnung, im Herbst Kartoffeln, Weißkraut und Zwiebeln ernten zu können. Mitunter wird das reife Gemüse aber von anderen »geerntet«. Wer weiß, ob ein Zaun das verhindern würde.

Und wie steht es mit der Infrastruktur? Es gibt kein Geschäft in der Nähe des Plattenbauviertels; die nächsten Schulen befinden sich in den früheren Stadtbezirken, wo auch die Polikliniken und die Kindergärten sind.

Auf meine Sympathie für Nina, Wowa und Peter hatte das alles jedoch keinen Einfluss. Aber ich hatte solche unglaublichen Verhältnisse nicht erwartet. Mein Schlaf war daher nicht gut.

Ich konnte es hier nicht unterlassen, Ninas Brief vom 9. August 2011 beizufügen.

Liebe Piet!
Liebe Edelgard!    Minsk 9.8.2011
 Ich bekomme Ihre herzliche Brief und Geld auch.
Vielen-vielen Danken Ihnen, meine liebe Eltern.
Im diesem Sommer habe ich viele Zeit für meine
Gemüssefelde. Wir haben viele grüne Gurken,
Mören, Kartofel, Koll, Meis, Zukini und andere.
Im diesem Jähr habe ich mehr Erdeplazt. Danke
liebe Esus Kristus.
 Aber am Ende August Monat will ich im
meine Schulle arbeiten.
 Im Wowa-Familie geht ist gut. Mateus schon
2 Jähre und 3 Monaten alt, Safia jetzt 8 Mona-
ten alt. Julia und ich sorgen zusammen
für Kinder. Wowa habt viel Arbeiten.
Wowa-Familie und ich wollen Datscha kaufen
(kleine Haus mit Erdeplatzt im Dorf).
Aber müssen wir erste viel arbeiten und Geld
sparen für Datscha. Im Sommer sitzen immer
im Wohnung am 7 Schtock sehr schwer. keine Natur,
keine friesche Lüft — ist nicht gut.
 Im Weisrussland jetzt schwere Zeit kommt
wieder: hohe Infletion, alle Lebensmittel sind
zu teuer.
 Wir denken oft für Ihnen und beten immer
                                    Gott.


**»Brief Nina«**


76

Schöne Grüße für Kristian mit Katrin, Alles Gute
Gottes Segen, glücklich Zusammenleben für Kristian
mit Katrin. Ich weiß, daß 12. August werden Hochzeit
von Kristian mit Katrin.

Schöne Grüße für Familie Ulrich, für Franziska-
Familie, für Ulrich (Edelgard-Sohn) und für
Tochter und Enkel von Edelgard.

Ich immer bete für Ihnen und Ihre Kinder und
Enkel.

Ich liebe Ihnen sehr und immer denke für Ihnen.
Nochmal vielen-vielen Danken und lassen Sie
bitte mit gute Gesundheit und Gottes Segen für
Ihnen.

Mein Telefonnumer, wann aus Deutschland
ruffen:

████████████████████████████

Ausgang aus       Kott von         Haus-numer
Deutschland       Minsk

Ich umarme Ihnen.
Auf wiedersehen, meine Liebe.
Ihre Nina mit Familie.

       09. 08. 2011.

Bereits zu Sowjetzeiten bestand für die »Genossen« offenbar kein Anlass, die Lebensbedingungen Tausender Menschen zu verändern. Daran hat sich in Weißrussland bis heute nichts geändert. Darauf, dass sich die Zeiten einmal von selbst bessern könnten, ist kein Verlass, wie man an verschiedenen Beispielen in der Welt beobachten kann, etwa auch in Kuba. Ninas Familie lebt mittlerweile mehr als 20 Jahre in dem aufgezwungenen schlechten Dasein.

Für unseren achttägigen Aufenthalt gab es keine verbindlichen Termine. Geplant wurde jeweils von einem Tag auf den anderen. Zu einem Theaterbesuch, bei dem eine Strauß-Operette aufgeführt wurde, begleitete mich unser Ferienkind Natascha. Die Unruhe der Zuschauer während der Vorstellung, meist Eltern mit ihren Kindern, war jedoch eine Zumutung. Die Kinder waren die ganze Zeit hauptsächlich mit ihren Popcorntüten beschäftigt. Von der Aufführung selbst war daher nicht viel zu hören.

An einem Nachmittag sollte mir eine Parkanlage gezeigt werden, die besonders schön sei. Ich befand mich in Begleitung von Nataschas Vater, der außer Russisch leider keine weitere Sprache verstand. Der Park war jedoch nicht gepflegt, er war verkommen. Es kümmerte offensichtlich niemanden, dass überall Abfall herumlag. Auch der Zustand öffentlicher Sanitäreinrichtungen ließ in Minsk zu wünschen übrig. Nach einem Museumsbesuch mit unserer Nina musste ich schnell auf eine Toilette. In der Nähe war nur eine Klinik, also musste ich dort mein Geschäft verrichten. Ich möchte es hier unterlassen, diesen Ort näher zu beschreiben.

Nina war eine zuvorkommende Gastgeberin und bemühte sich auch um gute Mahlzeiten, die ich, von zwei Ausnahmen abgesehen, bei ihr einnahm. Die warme Mittagskost war oft Borschtsch auf verschiedene Art, an Brot fehlte es nicht.

An einem Abend war ich bei Nataschas Eltern zum Essen eingeladen. Hier ging es bescheiden zu. Wir saßen zu fünft an einem kleinen Tisch: Vater, Mutter, Natascha, ihre Schwester und ich. Es gab Brot, eingelegten Fisch und Wurst. Nataschas Vater war Omnibusfahrer, ihre Mutter Putzfrau. Eine Unterhaltung war nur mit Natascha möglich. Von den mehrmals brieflich geschilderten Auseinandersetzungen mit ihren Eltern konnte ich jedoch nichts spüren. Das Geld, welches sie von ihnen verlangte, konnten sie ihr nicht geben, denn sie hatten wohl keines. Ihrer Erwartung, von uns monatlich für ein beabsichtigtes Studium 100 Mark zu bekommen, kamen wir nicht nach, weil wir ihr nach wie vor nicht glauben konnten.

Während ich bei Ninas und Nataschas Familie eher bescheidene Verhältnisse erlebte, machte die Einladung zum Tee bei der zuständigen Verwaltungsangestellten der Stadt einen ganz anderen Eindruck. Dort waren die Hälfte von uns Deutschen und vier Minsker Betreuerinnen versammelt. Wir saßen in einem großen, feudalen Wohnzimmer. Die Gastgeberin, die sich mit

»Anna« vorstellte, begrüßte uns auf Deutsch und bedankte sich herzlich für die Ferienkinder-Betreuung und die Spenden in den vergangenen Jahren wie auch beim jetzigen Besuch. Ihrem Schmuck und ihrer Kleidung nach konnte man annehmen, dass sie ein wichtiges Parteiamt innehatte.

Es gab grünen und schwarzen Tee sowie mehrere Sorten Kuchen. Danach wurde ein vorzüglicher Wein von der Krim gereicht.

Wir deutschen Gäste waren natürlich erstaunt über die großen und deutlichen Unterschiede, was die Lebensverhältnisse betraf.

Noch ein paar Worte zu unserer lieben Nina: Sie ist eine geduldige, ruhige, fleißige und umgängliche Frau mit einem sehr guten Wesen. Vom Kopf und von der Haltung her ist sie meines Erachtens eine typische Slawin mit einem tiefen Glauben. Sie hat ihren schwerkranken Mann mit großer Hingabe bis zu seinem frühen Tode gepflegt. Ich habe den Besuch in Minsk nie bereut – im Gegenteil, ich habe mich immer wieder an die Erlebnisse dort erinnert. Der bis heute andauernde Briefkontakt mit Nina bringt zwar nicht viel Neues, aber darauf verzichten können wir nicht.

## 8.   Die Gedenkstätte Chatyn nahe Minsk

**Chatyn**

# D. Das Katzenasyl

Ich lebe nun schon 24 Jahre in einem kleinen, unbedeutenden Dorf im Odenwald. Als ich hierherkam, war ich auf der Suche nach Mitspielern für einen kleinen Musizierkreis. Dieser lief einige Jahre ganz gut, bis das Interesse bei den Mitspielern, es waren hauptsächlich Kinder und deren Mütter, nachließ. So spielen Edelgard und ich meist allein oder mit unserem Besuch aus Darmstadt.

Das Haus, das meine Partnerin und ich bewohnen, liegt dicht am Walde. Es gehört ihr, aber wir kümmern uns beide darum, dass das Haus und der Garten in einem guten Zustand sind. Mit der Nachbarschaft, alles Odenwälder, haben wir nie richtigen Kontakt gehabt. Warum wir uns untereinander schlecht verständigen konnten, lag wohl auch daran, dass wir uns in der Ortsgeschichte überhaupt nicht auskannten und keine Bindung an einen ortsansässigen Verein hatten. Was ich an ihnen gar nicht verstehen konnte, war ihre Abneigung gegen das Lesen. Sie legten keinen Wert darauf, meine Bücher zu lesen, und hatten keine Hemmungen, mir das auch deutlich zu sagen.

Der nahe Wald beginnt mit Laubbäumen und geht dann in Mischwald über. Die Waldwege waren vor Jahren gut begehbar, sind aber heute nicht mehr gepflegt.

Es kommt vor, dass sich kleine, aber auch größere Waldtiere bis in Hausnähe vortrauen. Am häufigsten sind das Wiesel, Marder, Igel, aber manchmal auch ein Fuchs oder ein junges Reh.

Wir sind Tierfreunde und hatten bis vor zehn Jahren einen Hundemischling, offenbar eine Kreuzung von Schäferhund und Windhund. Er mied fremde Hunde und verließ sich auf unseren Schutz. Unter »Hundehaltung« verstand er offenbar, selbst gut versorgt zu werden. Am wohlsten fühlte er sich zu Hause. Als er gestorben war, verzichteten wir auf Haustiere, denn bei Reisen gibt es mit Tieren immer Probleme, egal, ob man sie mitnimmt oder sie zur Betreuung bei einem Nachbarn lässt.

Im Sommer vor vier Jahren trat jedoch eine Veränderung ein. Eines Tages bekamen wir Besuch von einer Katze auf unserer Terrasse. Sie war nicht scheu, obwohl wir in unmittelbarer Nähe waren und uns mit dem Rosenbeet neben der Terrasse beschäftigten. Sie hatte ein grau getigertes Fell mit weißen Flecken und war nicht gut im Futter. Als sie sich kurz umgesehen hatte, verschwand sie ohne Hast wieder. Am nächsten und übernächsten Tag erschien sie nicht. Ob es ihr bei uns wohl nicht gefiel? Dem war nicht so, denn am dritten Tag kam sie wieder und blieb ruhig in unserer Nähe auf der Terrasse sitzen. Das hatte ja wohl zu bedeuten, dass sie Hunger hatte. Edelgard machte ihr ein Katzenfrühstück mit kleinen Wurststückchen und verdünnter Milch zurecht. Davon blieb nichts übrig. Hinterher ließ sie sich viel Zeit mit ihrer Toilette. Nichts ließ sie dabei aus, nicht den Kopf, nicht den Rücken und auch nicht den Bauch. Eben alles, was sie mit ihren Pfötchen erreichen konnte, wurde beleckt und gestriegelt. Als sie damit fertig war, streckte sie sich auf einer der warmen Terrassenplatten aus. So gab sie uns den ersten Einblick in ihr Katzenleben und zugleich das Rätsel auf, wo sie denn eigentlich ihr Zuhause hatte. Wir konnten nicht übersehen, dass sie keine junge Katze mehr war.

**Sie hat den Überblick**

Nachdem sie sich mit uns richtig befasst hatte, war sie fast ständig bei uns, ließ sich streicheln, setzte sich auf Edelgards Schoß und wartete auf ihre Mahlzeiten. Da sie uns treu blieb, war sie nun »unsere Katze«. Wir kauften gutes Katzenfutter und Milch für sie. Beides hatten wir nun immer vorrätig. Sie hatte, was wir bald bemerkten, unter dem linken Auge eine vernarbte Wunde und einen schiefen Zahn, was sicher von Auseinandersetzungen mit anderen Katzen herrühren mochte. Sie hatte wie alle Katzen scharfe Krallen, hat uns aber nicht ein einziges Mal gekratzt. Für den Winter hatten wir ihr eine Kiste aus Sperrholz mit einem weichen Lager hergerichtet. Und dass das nur für sie sein konnte, verstand sie sofort.

Als es Frühling wurde, bekam sie ganz unerwartet Gesellschaft, und zwar von einer Katze, die uns anfangs nicht richtig gefiel. Sie hatte ein weißes Fell mit schwarzen Stellen und war rund und voll. Nahekommen durfte man ihr nicht. Sie war in ihrer Art und ihrem Aussehen das Gegenteil von der Grauen, ihr ging es eigentlich nur um das Futter. Manchmal setzte sie einige Tage aus und stellte sich danach mit gutem Appetit wieder bei uns ein. In den Wintermonaten kam sie seltener. Die Narben, die sie am Kopf hatte, waren nicht zu übersehen.

Die beiden gingen sich aus dem Weg und vermieden Annäherungen. Stand die Tür zur Terrasse offen, schlüpfte die Graue flugs in das vordere Zimmer, danach in das nächste, wo sie ein weiches Ruheplätzchen fand. Edelgard brachte sie dann wieder zurück auf die Terrasse. Die dicke Weiße traute sich nicht einen Schritt ins Haus. Sie verhielt sich so, als habe sie Angst. Stattdessen suchte sie sich ein ruhiges Plätzchen unter den dichten Rhododendronsträuchern oder eine Stelle, von wo aus sie gute Sicht auf den Garten hatte.

So unterschiedlich sie auch waren, mochten wir schließlich beide gern. Unser erster Blick nach dem Aufstehen ging auf die Terrasse. Meistens waren sie schon da und warteten auf ihr Frühstück. Sie gingen aber beide nicht gleichzeitig an die Näpfe. Sie hatten Respekt voreinander.

In unserer Nachbarschaft, keine 100 Meter entfernt, gab es seit Langem vier Katzen. Drei davon waren im Katzenseniorenalter, das merkte man ihnen an. Alle vier hatten feste Mietverhältnisse. Zwei davon hatten ihr Lager in einem kleinen Geräteschuppen und von dort aus Zugang zu der Wohnung im Haus. Was ihr Äußeres, insbesondere ihr rötliches Fell betraf, sahen sie fast wie Zwillinge aus. Von Jagden auf Mäuse hatten sie noch nie etwas gehört. Im Vergleich zu ihnen war der graue Alleingänger von nebenan das genaue Gegenteil. Er strolchte ständig in der gesamten Umgebung herum und sah sich auch mitunter auf unserer Terrasse um. Entdeckte er dort noch Futterreste, wurden sie schnell aufgefressen. Die vierte Katze hatte ihren festen Platz bei Tierfreunden im letzten Haus am Waldrand. Sie saß oft auf der Fensterbank und beobachtete alle Vorgänge in der Nähe. Es war ein bemerkenswertes Tier, schon über 15 Jahre alt, aber noch rüstig. Das alte Ehepaar hatte dagegen unheilbare Altersbeschwerden. Machte der alte Herr mit seiner Gehhilfe kleine Laufübungen, war das Kätzchen sein ständiger Begleiter. Von Fremden wollte es dagegen nichts wissen und ging ihnen aus dem Weg.

Das Verhalten »unserer« grauen Katze machte uns zunehmend Kummer. Sie fraß und trank immer weniger und zog sich in eine stille Ecke zurück, wo sie nicht mehr zu sehen war. Wir vermuteten, dass ihr Ende nahe war. So war es auch. Wir waren also nicht sehr überrascht, als wir sie eines Tages leblos im Garten fanden. Uns war jedoch zumute, als hätten wir einen Freund verloren.

Unsere weiße Katze hatte sich in der letzten Zeit angewöhnt, mehrere Tage fernzubleiben. Das gab es bis dahin noch nie, was uns stutzig machte. Einmal war sie sogar über eine Woche weg, danach blieb sie aber auch wieder längere Zeit auf unserer Terrasse. Ihr Appetit war jedoch nicht mehr so groß wie noch vor Monaten. Meist ließ sie jetzt sogar von den Mahlzeiten etwas übrig.

Wir machten uns Gedanken, was das zu bedeuten hatte. Sie war auch körperlich geschwächt und unterließ schnelles Laufen. Ihr Leben schien zu Ende zu gehen. So waren wir nicht sehr überrascht, als wir auch sie eines Tages tot auf der Gartentreppe liegen sahen.

Wir beabsichtigten, sie im nahen Wald zu begraben, und fanden schließlich einen Platz in einer kleinen Höhle unter einem großen Stein. Mit viel Laub und kleinen Ästen deckten wir sie so weit zu, dass nur noch Augen und Mund frei blieben. Vom Weg aus war sie nicht zu sehen. Wir hatten vor diesem Gang dorthin zunächst Hemmungen, aber danach waren wir erleichtert, die Katze dort begraben zu haben.
Nun fehlten sie uns beide, die liebenswerte Graue und die ängstliche Weiße.

Dies war jedoch noch nicht das Ende unseres Katzenasyls. Nach gut einem Jahr stellte sich auf unserer Terrasse ganz unverhofft wieder Katzenbesuch ein. Es waren zwei junge Katzen von unterschiedlichem Aussehen. Die etwas größere hatte ein weißes Fell mit einigen kleinen rötlichen Flecken, die andere war dreifarbig, weiß, rötlich und schwarz. Wir nannten sie über längere Zeit Max und Moritz. Erst später fanden wir heraus, dass sie von unterschiedlichem Geschlecht waren. Der Dreifarbigen sah man bald an, dass sie trächtig war, was ihr wohl ihr Genosse besorgt hatte. Wir überlegten natürlich, wie wir mit eventuellem Katzennachwuchs fertig werden sollten. Dann verschwand die »Mutterkatze« erst einmal für einige Tage, wir hatten aber keine Ahnung, wo sie sich versteckt hielt. Hier in Waldesnähe gab es genug ruhige Flecken.

Der Weg zum Katzengrab

Das Katzengrab

Es war an einem schönen Tag Mitte April 2012, als eine Überraschung auf uns wartete. Als ich den Rollladen im Schlafzimmer hochzog, sah ich auf der Fußmatte die Katzenmutter liegen und neben ihr ein süßes kleines Katzenbaby, vielleicht erst zwei Wochen alt. Am nächsten Morgen war noch eines dazugekommen. Nun hatten wir auf einmal vier Katzen. Das erste Baby hatte ein feines hellrotes, das zweite ein pastellrotes Fell. Beide waren noch nicht sicher auf den Beinen, brauchten noch viel Schlaf und Mutters Milch. Aber schon nach 14 Tagen hatten sie ihre Beinchen zum Laufen entdeckt. Neben der großen Freude hatten wir aber schon wenige Tage später Sorgen. Wieso? Dem Krähenvolk, das fast ständig hier herumkreiste, war es wohl längst aufgefallen, dass wir Katzennachwuchs haben. Katzenjungtiere, kleine Kaninchen oder Häschen zu verschleppen, das bringen diese Vögel, was bekannt ist, ohne Anstrengung fertig.

Der jungen Katzenmutter war ihre Mutterschaftspflicht sehr wichtig. Auffällig war aber auch das wirklich väterliche Verhalten des Katers. Zuerst dachten wir, die beiden Katzenkinder seien unterschiedlichen Geschlechts, was aber nicht stimmte. Es waren ganz eindeutig zwei Knaben.

Der anfangs verwendete Holzkasten war für die vier nun zu klein und der neue, wie sich bald herausstellte, war nicht hoch genug. Anfangs war es für die Kleinen nicht einfach, die 35 Zentimeter hohen Wände zu überklettern. Dies wurde aber bald zu einer beliebten Übung der beiden Katzenkinder. Die Liegefläche reichte gerade für alle vier aus, auch wenn Stillzeit war.

Beide waren natürlich gleich alt und hatten offenbar auch gleiche Anlagen, was zur Folge hatte, dass sie sich mitunter stundenlang rauften, sich aber nicht verletzten. Erstaunlich ist, dass Katzenbabys schon mit scharfen Zähnen auf die Welt kommen.

Wir waren ständig mit der Versorgung und Bewachung der Katzen beschäftigt. Kummer machte uns vor allen Dingen, dass sie sich manchmal auf dem verwilderten Nachbargrundstück herumtrieben. Allerdings fanden sie sich, wenn sie offenbar Hunger verspürten, wieder bei uns ein. Nahrung gab es für die Kleinen bis auf Weiteres nur bei der Mutter.

Die kleinen Kätzchen waren nun schon sechs Wochen bei uns. In dieser Zeit hatten sie sich zu den reizendsten Tieren entwickelt, boten uns aber auch ständig Überraschungen. So hatten sie zum Beispiel bald ihre Unterkunft gewechselt. In der feinen Kiste waren sie nicht mehr, stattdessen hielten sich alle vier bald in dem engen Rasenmäherkorb auf. Selbst die noch stillende Mutter hatte sich damit abgefunden. Das ging so lange, bis sie die gepolsterte Sitzbank auf der Terrasse vorzogen. Dort störte sie niemand und bei schlechtem Wetter waren sie geschützt.

Die junge Katzenfamilie hatte auf uns zwei ältere Stadtmenschen einen unerwarteten Einfluss. Nicht nur, weil wir sie mit Nahrung zu versorgen hatten, sondern weil sie auch zu betreuen waren. Man kann doch die vier nicht einfach alleine lassen!

Allerdings mussten wir uns allmählich überlegen, was mit den zwei Katzenbabys werden sollte. Ich frage mich noch heute: Wer oder was hat meine Hand geführt, als ich in den »Gelben Seiten« nach einem Tierarzt in der Nähe suchte? Hier im Ort war keiner ansässig. Im nahen Kurort gab es zahlreiche Hunde, also musste es dort auch Tierärzte geben. Ich schlug den Abschnitt »Tierärzte« auf Seite 488 auf. Dort waren unter »Bad König« drei aufgeführt, doch keiner davon war uns bekannt. Ich hielt mich nicht lange auf und rief bei der ersten Nummer an. Sofort bekam ich Verbindung mit einer Frauenstimme, die versprach, gleich am nächsten Tag zu uns zu kommen. Die Stimme hielt Wort und untersuchte zuerst die zwei Kleinen und dann die zwei Großen. Wir empfanden, dass wir die beste Wahl getroffen hatten. Eine bessere Tierärztin konnte es nicht geben.

Wie es weitergehen sollte, hörten wir von unserer Tierärztin: *»Bedenken Sie, dass Katzen kein Spielzeug sind. Es sind Haustiere, die Pflege brauchen.«* Alle vier konnten wir nicht behalten, das war uns von Anfang an bewusst, aber die Katzenmutter musste ihre beiden Kinder noch mehrere Wochen stillen. Das ließ sich nicht ändern. Und was geschah nun?

Die Tierärztin war wie ein Glücksfall für uns. Wir verstanden uns so gut wie alte Bekannte. Sie nahm sich der Tiere an, klärte uns auf ihre schlichte Art über die Katzenhaltung auf und machte uns mit einer liebenswerten Katzenhalterin aus Nieder-Kinzig bei Bad König bekannt. Es ist für uns nach wie vor ein Gewinn, mit diesen beiden Menschen befreundet zu sein.

Die Tierärztin und die Katzenhalterin halfen uns bei

der Lösung unseres Problems sehr, obwohl uns jeder Vorschlag wehtat. Die vier konnten leider nicht zusammenbleiben und die beiden kleinen Brüder mussten in getrennte Obhut gegeben werden. Aber die Katzenmutter und der Katzenvater blieben bei uns. Die Katzenmutter traf die Trennung von ihren beiden Söhnen offenbar am härtesten, das konnte sie nicht verbergen. Es brauchte Wochen, bis sie wieder so umgänglich war wie zuvor.

So bescherte uns die Zeit mit unseren Katzen Liebe und auch Schmerz.